미
드
나
잇

스
완

미드나잇 스완

ミッドナイトスワン

우치다 에이지 장편소설 ― 현승희 옮김

해피북스
투유

소녀는 눈부신 태양을 하염없이 바라보는 게 좋았다.

어릴 적, 스케치북에 그렸던 태양은 늘 빨강 아니면 주황색으로 칠했었는데, 자세히 들여다본 후부터 소녀는 태양이 무서우리만치 티 없는 흰색임을 깨달았다. 그렇다고 오래 쳐다볼 수 있는 것도 아니다. 고작 몇 초 만에 아득한 눈부심 때문에 반사적으로 고개를 돌려버리고 만다. 소녀는 그게 너무나도 아쉬운 나머지 잠시 눈을 쉬었다가 끈덕지게 몇 번이고 올려다보았다.

집착하듯 태양을 바라보는 소녀를 엄마는 호되게 야단쳤다.

"그러다 눈이 멀어도 모른다!"

엄마는 자주 그런 식으로 말했다.

엄마는 소녀를 항상 꾸짖었다. 소녀의 일거수일투족이 엄마는 늘 못마땅했다. 초콜릿을 먹는 것도, 선물과 선물을 묶었던 예쁜 리본을 모으는 것도. 소녀의 마음을 설레게 하는 것 모두를 엄마는 어쩐지 용납할 수 없는 모양이었다.

태양을 바라보던 시선을 발밑의 모래사장으로 돌렸다. 모래사장은 따가운 햇살을 반사하며 맹렬히 소녀의 눈을 찔렀다. 소녀는 눈을 감았다. 눈꺼풀을 내렸는데도 빛에 찔린 눈이 따끔거렸다. 눈을 감으면 유달리 소리가 더 잘 들렸다.

파도가 부서지는 소리, 신나게 떠드는 아이들의 웃음, 괴성을 질러대는 남자들의 광란에 소녀는 입술을 더욱 굳게 깨물었다. 피 맛이 난다.

소녀는 더 꽉 제 살을 이로 깨물었다.

뭐가 그렇게 재밌는데?

마음속으로 중얼거렸다. 조금 어이없단 식으로 중얼거리려 했는데, 비난하는 듯한 말투가 되어버렸다.

두 손으로 귀를 꽉 막았다. 그래도 소란스러운 웃음소리가 쉴 새 없이 들렸다. 점점 내면에서 뭔가가 부풀어 오르는 듯한 느낌이 들었다. 격렬한, 폭력 비슷한 충동. 그 느낌은 갓 생겨난 것이 아니라 소녀가 줄곧 품어온 감정이었다. 그 감정은 전례 없이 소녀의 형상을 부술 듯한 기세로 부풀어 올랐다. 숨을 쉬는 것조차도 괴로웠다.

소녀는 조심스레 숨을 내뱉었다. 태양이 머리 꼭대기를 이글이글 태웠다. 눈꺼풀 뒤편에 남은 빛의 잔상이 사라질 무렵, 외부를 향한 격한 감정은 지나가고 있었다. 그냥 여기서 사라지고 싶었다. 귀를 비집고 들어오는 웃음소리를 멈출 수 없다면, 내가 사라질 수밖에.

이대로 백사장 속으로 가라앉아 버리면 좋을 텐데. 모래 지옥에 내 몸이 조금씩 묻히다가 그대로 이곳에서 사라져 버리면 좋을 텐데.

이루어지지 않을 소망이라면…… 차라리 태양 빛에 눈이 멀어버렸으면…….

소녀는 한번도 바다에 눈길을 주지 않은 채 그렇게 생각했다.

1

검정이 묵직하게 녹아든 듯한 깊은 붉은 빛. 그 매니큐어 병을 나기사는 멍하니 바라보았다. 줄곧 갖고 싶었던 명품 매니큐어였다. 몇 주를 고민한 끝에 겨우 구입한 물건이다.

새 매니큐어를 시험해 보는 일은 특별하다.

나기사는 공손하리만큼 조심스러운 태도로 매니큐어를 화장대 위에 올려놓았다.

뉴하프 쇼 클럽 '스위트피'의 대기실은 환기가 잘되지 않아 먼지가 많은 것이 단점이지만 오래된 건물답게 내부 공간은 비교적 여유로웠다.

화장대의 거울이 눈길을 끌었다. 테두리에 작은 전구를 두른 거울은 오래된 미국 영화의 한 장면을 연상케 했다. 마치 마릴린 먼로가 앉아 빨간 립스틱을 바르고 있을 것만 같은 풍경이었다.

화장대 앞에 자리를 잡은 나기사는 거울 속의 자신을 물끄러미 바라보았다.

가늘고 길게 째진 눈과 뾰족한 턱. 나기사의 외모는 개성이 넘친다는 말을 손님들에게 자주 들었다. 미인이라고 하기는 어렵지만 한번 보면 잊을 수 없는 얼굴이라고. 남자였을 때 '미국 영화에 나오는 동양인 얼굴'이라는 아리송한 말을 들은 적도 있었다.

예쁘장한 화장이나 의상은 어울리지 않는다는 걸 잘 알고 있었기 때문에 연한 색이 아닌 강렬한 색, 개중에서도 빨간색을 즐겨 입었다. 빨간색에 잘 어울리는 윤기 나는 긴 흑발은 나기사의 자랑거리였다.

거울의 라이트를 켜면 강한 빛에 잔주름과 눈 밑 다크서클이 날아가 아기 피부처럼 보인다. 처음 가게에서 근무를 시작했을 때는 정말이지 마법에 걸린 것만 같았다. 그 후로 오랫동안 이 거울 속의 자신을 마주 보며 느꼈다. 이젠 마법의 효력이 다했음을. 세월은 확실하게 얼굴에 그 흔적을 남기고 있었다.

얼굴뿐만이 아니다. 손과 손가락에도 세월의 흔적이 여실히 드러나 있었다. 나기사는 천천히 매니큐어 뚜껑을 열었다.

효과가 떨어져 가는 마법은 그간 쌓아온 화장 기술과 값비싼 화장품이 보완해 주었다.

비싼 화장 도구가 실제로 얼마나 효과가 있는지는 모른다. 그래도 한껏 가라앉은 기분을 들뜨게 하는 데는 제법 효과가 있었다.

매니큐어 브러시를 엄지손톱에 천천히 문질렀다. 색을 거듭할수록 빨강은 진해졌다. 나기사는 각 단계의 색을 즐기며 꼼꼼하게 발랐다.

"에헤이, 무슨 잡담들을 하고 있어. 쉬고 있을 때가 아니라고."

위협적인 쉰 목소리가 울려 퍼졌다.

대기실 입구에 요코 마마가 장승처럼 서 있었다.

나기사는 잠시 손을 멈췄다가 다시 손톱을 칠하기 시작했다. 요코 마마의 말이 길어질 걸 알고 있었기 때문이다.

요코 마마는 우리에게 끊임없이 말을 건다. 오늘 할 일의 지시와 확인부터 그동안 했던 실수를 질책하고 자기가 얼마나 고생을 하는지에 대한 푸념까지, 물 흐르듯 말을 이어나간다.

요코 마마의 목소리를 들을 때마다 나기사는 목소리만큼은 바꿀 수 없는 자신들의 숙명을 느꼈다. 남자에서 여자가 될 수도 있고, 수술로 여자보다 더 여성스러워질 수도 있다.

하지만 목소리만큼은 바꿀 수 없었다.

개중에는 울대뼈를 제거하는 사람도 있었지만 역시 목소리는 그대로다. 때문에 다들 발성법을 궁리해서 본인이 여성스럽다고 생각하는 소리 혹은 귀엽다고 생각하는 소리를 상정해두고 목소리를 꾸며낸다.

하지만 요코 마마는 목소리를 꾸며내는 일 없이 낮고 쉰 목소리를 고집했다. 손님 앞에서도 일절 바꾸지 않는다.

요코 마마의 나이는 아무도 모른다. 그렇지만 파우더가 깊숙이 파고들 만큼 새겨진 주름을 보면 일흔은 넘었으리라. 남자가 여자로 살아가기에는 너무도 가혹했던 쇼와시대를 이겨내고 버블로 부동산이 상승하기 직전 가부키초의 한 구석에 가게를 차렸다. 지금보다 더 이해심이 없던 그 시절을 여자로 살아온 요코 마마의 존재는, 목소리 따위야 아무래도 상관없는 일로 치부하게 만드는 박력과 설득력이 있었다.

애당초 조용하고 낮은 목소리를 타고난 나기사는 귀여운 목소리를 내는 것도, 귀여운 척하는 것도 서툴렀다. 그런 자신이 이곳에 오래 머물 수 있었던 이유가 요코 마마의 가게였기 때문이라는 사실을 잘 알고 있다.

그렇다고는 해도 걸걸한 목소리로 끝없이 해대는 잔소리를 매일같이 듣고 있노라면 한숨이 절로 나오고 만다. 요코 마마가 온 후로 집중력이 떨어진 탓인지 매니큐어도 얼룩졌다.

"요즘 매상 줄어든 거, 알지? 좀 더 열심히 해줘. 자, 빨리 빨리 움직여!"

일방적으로 말을 마친 다음 요코 마마는 허리케인처럼 가게로 돌아갔다. 다들 일제히 한숨을 크게 내쉬었다.

"겨우 갔네. 하여튼 목소리는 커가지고."

나기사는 손톱을 눈앞으로 추켜올리며 볼멘소리를 했다.

"마마가 떠들어대는 통에 예쁘게 안 발라졌어. 아, 진짜. 편의점에서 파는 싸구려도 아니고 비싼 건데. 천천히 공들여 바르고 싶었는데."

나기사는 자기 손가락과 대화하듯 중얼거렸다.

소란이 잦아들자 옆 화장대에서 훌쩍거리는 울음소리가 또렷이 들려왔다. 그러나 나기사는 그쪽으로 시선도 주지 않고 덜 칠해진 손톱 위로 매니큐어를 덧바르기 시작했다.

"색 좋네. 다음에 그 매니큐어 좀 빌려주라."

왼쪽에 앉아 있던 미즈키가 아이라인을 그리던 손을 멈추지 않은 채 말했다. 원래부터 또렷한 눈매에 아이라인을 굵게 그리자 한층 더 커보였다. 나기사와는 대조적인 깔끔한 숏컷이 단정한 얼굴을 돋보이게 했다.

"싫어. 비싼 거라고 했잖아."

"뭐야, 쪼잔하긴. 원재료는 어차피 거기서 거기거든?"

미즈키는 국립대학 이공계를 졸업한 특이한 경력의 소유자로, 가끔 이렇게 묘하게 따지듯이 말한다.

"원래는 보습 크림 같은 걸 사려다가 참고 산 매니큐어라고. 하, 요즘 건조해서 피부가 바짝바짝 마른다니까."

나기사는 여봐란듯이 손을 쓰다듬었다. 실제로 나기사의 손은 살짝 거칠거칠했다.

오른쪽에서 들려오는 울음소리는 그칠 기미가 전혀 없었다.

나기사는 매니큐어 칠을 멈추고 크게 한숨을 내쉬었다.

"얘, 작작 좀 해."

나기사는 오른쪽 옆자리에 앉은 아키나를 노려보았다. 아키나의 얼굴은 흘러내린 마스카라와 아이라이너 자국, 무너진 파운데이션, 번진 립스틱 때문에 마치 공포 영화 등장인물 같았다.

"예쁘게 생겨서는."

띠동갑 넘게 어린 아키나에게 나기사는 엄마처럼 말했다. 공포 영화 같은 처참한 얼굴을 하고서도 아키나의 아름다움은 돋보였다. 남자였다는 말만 안 하면 아무도 눈치 못 채겠지. 반 조롱삼아 오는 여자 손님들도 진심으로 질투할 만한 미모의 소유자였다. 하지만 아키나는 흐느끼며 입을 삐죽 내밀고는 말했다.

"안 예뻐."

나기사와 미즈키는 서로 마주 보았다. 이 정도의 미모를 지닌 애가 겸손을 떨어봐야 비아냥거림으로만 느껴질 뿐이다. 가게 넘버원인 아키나는 몸매도 뛰어났고, 무엇보다 젊었다.

가질 거 다 가져놓고 뭐가 부족하다는 걸까. 나기사는 여린 어깨를 떨며 우는 아키나를 바라보았다. 하루가 멀다 하고 겪는 일이기 때문에 해답은 이미 알고 있다. 자신감. 그렇게 가진 게 많은 그녀는 자신감을 가지지 못했다.

"그치만…… 그치만…… 내가 예쁘면, 연락은, 왜 안 하는 건데?"

아키나는 훌쩍훌쩍 코를 들이마시며 핸드폰을 화장대 위에 내려놓고 느릿느릿 손을 움직여 박스테이프로 가슴골을 만들기 시작했다.

아무래도 남자친구랑 갑자기 연락이 끊긴 모양이다.

나기사는 자기 손가락으로 시선을 돌리고 다시 매니큐어를 칠하며 내뱉었다.

"얘, 아키나. 얼굴 완전 엉망이야."

작은 심술을 담아 내뱉은 말에 괜스레 비참해지고 말았다. 아무리 엉망이어도 아키나는 저보다 미인이다. 확실하게.

"엉망진창으로 지저분한 차라도 닦으면 새 차보다 훨씬

더 비싸잖아? 싫다니까, 정말."

미즈키가 본심을 토로했다. 전적으로 동감이다. 하지만 아무리 심술궂게 말해도 아키나에게는 자신감이라는 것이 들어갈 자리가 없다.

"젊잖아. 연애할 기회는 얼마든지 있을 거야."

아무리 그래도 좀 그런가. 살짝 양심에 찔린 나기사가 다정하게 말을 걸자, 아키나는 도리어 더 크게 울음을 터뜨렸다.

"얼마든지라니…… 왜 헤어진 게 기정사실인 것처럼 말해요! 그렇게 사랑할 수 있는 사람은 다신 없을 거야!"

구석에서 그저 앞만 보며 묵묵히 메이크업을 하던 캔디가 아키나를 노려봤다.

미모로 손님을 홀리는 넘버원 아키나와 미인이라고는 할 수 없지만 애교 많은 성격으로 손님의 사랑을 받는 캔디, 두 사람은 비슷한 나이다.

캔디는 겨드랑이에 향수를 뿌리며 노골적으로 조롱 섞인 말투로 말했다.

"왜, 무슨 일인데? 한번만 다시 말해줄래?"

"그렇게 사랑할 수 있는 사람은 다신 없을 거라고……."

"어? 그치만 불륜이잖아?"

상처를 주겠다는 의도가 담긴 말에 아키나는 얼굴을 구겼다. 그리고는 울부짖듯 소리쳤다.

"시끄러! 넌 가만있어!"

또 시작이군…….

어깨를 으쓱하며 나기사와 미즈키가 눈을 맞췄다.

아키나와 캔디는 만나기만 하면 말다툼을 했다. 웬만한 일은 농담으로 넘기는 캔디였지만 아키나에게는 가차 없었다.

"불륜 같은 건 관둬. 너만 상처받잖아. 안 그래도 못생겼는데 그렇게 울면 더 못생겨지겠다."

아키나에게 못생겼다고 하는 사람은 캔디가 유일했다. 하지만 나기사는 가시 돋친 말투로 몰아붙이는 캔디의 심정을 알 것 같았다. 안타까운 것이다. 불행한 사랑이라면 여기 있는 사람들 모두 한두 번은 경험한 적이 있다. 때문에 빤히 가지 말아야 할 길을 가는 아키나를 마냥 보고만 있을 수 없는 것이다. 그 마음은 아마 걱정과 닮았으리라. 캔디는 분명 부정하겠지만.

"나도 지금 남자친구와의 만남은 기적이라고 해야 하나, 운명 같았잖아? 그러니까 아키나한테도 분명 좋은 남자가 나타날 거야."

"그 사람, 남자친구 아니고 돈줄이잖아."

잘난 척하는 캔디의 말에 이번엔 아키나가 딱 잘라 말했다.

그건 그렇지. 나기사와 미즈키는 다시 눈을 맞췄다.

캔디에게는 늘 다섯 명 정도의 남자친구가 있었고, 그들의 순위는 캔디에게 얼마나 많은 금품을 제공하느냐에 따라 바뀌곤 했다.

"무슨 말을 그따위로 하니?"

"시비는 네가 먼저 걸었잖아!"

무대에 오를 시간이 다가오는 가운데 아키나와 캔디는 부지런히 가슴골을 만들며 격한 언쟁을 이어갔다.

스위트피 대기실의 평소 모습은 늘 이렇다.

남자 이야기로 시작해서 남자 이야기로 끝나는.

항상 그랬다.

겨우 만족스럽게 매니큐어를 칠한 나기사는 몸을 일으켜 아키나와 캔디 사이에 끼어들었다.

"적당히들 해. 언제까지 싸울 셈이야?"

"그렇지만 캔디가……."

"캔디 핑계 대지 마. 둘 다 똑같아."

"미안……."

"미안해."

두 사람이 동시에 사과했다. 나기사가 마지막에 중재에 나서는 것도 평소와 같은 패턴이었다.

"이쪽 바닥에 아키나처럼 불륜에 빠지는 애가 많은 건 사실이지만……."

"그렇게 불륜, 불륜 하지 마."

나기사의 말에 아키나는 또다시 훌쩍훌쩍 울기 시작했다.
나기사는 일부러 더 엄한 목소리로 말을 이었다.

"불륜은 불륜이잖아. 자각하지 않았다가는 비참한 꼴을
당하게 될 거야. 그리고 캔디도, 젊으니까 돈 많은 남자한테
빠지는 것도 이해는 돼. 하지만 20년 후에도 내가 행복할지,
그 점을 둘 다 잘 생각해 봐."

20년 후는 그냥 대충 언급한 숫자였다. 하지만 말하자마
자 그 숫자에 뒤통수를 얻어맞은 것만 같았다. 20년 후, 나는
무엇을 하고 있을까? 행복할까? 그리고 애당초 나에게 행복
이란 무엇일까.

끝없는 심연을 들여다보는 듯한 기분에 나기사는 황급히
눈앞의 두 사람에게 주의를 돌렸다.

"아무튼, 남자한테 빨아 먹히면 끝이야. 우리 같은 사람들
은."

그 말을 끝으로 나기사는 일어섰다. 자신의 위태로움은 충
분히 알고 있을 터. 본심은 다르겠지만, 둘은 작게 고개를 끄
덕였다.

거의 동시에 미즈키도 몸을 일으키며 나기사와 하이파이
브를 나누었다.

"역시 언니야."

짝, 손이 부딪치는 경쾌한 소리가 울렸다.

이 소리가 일의 시작을 알리는 신호음이나 다름없었다.

아키나, 캔디도 화장을 고치고 의상을 가다듬으며 손님 앞에 나설 준비를 했다.

"이제 그만 울어."

나기사는 눈물을 닦고 아이라인을 예쁘게 다시 그린 아키나의 뺨을 살며시 어루만졌다. 아키나는 살포시 웃으며 대답했다.

"응, 안 울게."

아키나와 캔디도 자리에서 일어나, 넷이서 나란히 거울을 보며 의상을 체크했다.

넷은 같은 의상을 입고 있었다. 백조를 연상시키는 순백의 의상. 허리춤에서 튜튜(발레용 스커트)가 흔들리고 있었다.

나기사는 백조를 표현한 이 옷이 무척이나 마음에 들었다.

넷은 흰 깃털로 만들어진 머리 장식을 들고 균형을 살피며 익숙한 손길로 머리에 고정시켰다.

준비를 끝낸 네 사람이 나란히 선 모습은 화려했다. 이 순간만큼은 나기사도 진심으로 스스로를 아름답고 여겼다. 저주에서 벗어나 밤에만 아름다운 모습으로 돌아가는 오데트 공주처럼.

"나기사 씨, 미즈키 씨, 아키나 씨, 캔디 씨. 잘 부탁해요!"

검은 옷을 입은 매니저가 대기실로 뛰어 들어왔다. 네 사람은 종종걸음으로 대기실을 나와 복도를 통해 무대로 향했다.

점점 크게 들려오는 손님들의 웅성거림에 마음이 설레었다.

나기사는 이 순간을 좋아했다.

"어때, 갈래?"

돌아갈 채비를 마친 나기사가 미즈키에게 물었다.

"당연하지."

미즈키는 빠른 대답과 함께 가방을 집어 들었다.

두 사람은 서로 행선지를 묻지도 않고 가부키초의 구청 거리를 걸었다.

큰길에서 골목으로 조금만 들어가면 하루의 피로를 말끔히 씻어주는 맛집이 있다.

덩치 큰 두 사람은 나란히 걷고만 있어도 박력이 넘쳤다. 그러나 이 가부키초에서는 아무도 그녀들을 쳐다보지 않는다. 뉴하프 쇼나 게이바, 호스트나 술집 여자, 유흥업소 종사자 등 다양한 밤의 주민들이 오가는 이 거리는, 다른 거리에서는 눈에 띄는 이질적인 존재도 당연한 듯 포용해 주는 따뜻한 마음을 지니고 있었다.

가부키초만이 자신들을 받아준다고 나기사는 생각했다. 아무리 시대가 바뀌고 이해도가 높아진다 해도 내 고향이 있는 그대로의 내 모습을 받아줄 수 있으리라는 생각은 도저히 할 수 없었다.

계속 이 거리에서 살아갈 수 있을까?

언제까지 나는 백조로서 무대에 설 수 있을까?

그런 불안이 언뜻 스쳤지만 가게에 들어가 메뉴판을 받자 별생각이 없어졌다.

지금은 맛있는 술을 마시는 것 외에는 아무것도 중요하지 않았다.

"나는 팁 못 받았으니까, 나기사 네가 쏴."

"그래, 그래. 알았어."

나기사는 너그럽게 고개를 끄덕였다. 개성적이고 이국적인 풍모와 나이에 맞는 차분한 분위기에 이끌려 나기사만 찾는 손님이 적지 않았다. 그에 반해 미즈키는 거의 항상 팁을 받지 못했다. 머리가 좋은 미즈키는 손님에게도 무심결에 논리적으로 따지고 들 때가 많아, 치켜세워 주기를 원하는 손님들에게는 인기가 바닥이었다.

"수고했어."

먼저 잔을 드는 사람은 늘 나기사였다. 두 사람은 풍성한 거품이 뽀글뽀글 솟구치는 맥주잔을 짠, 하고 부딪혔다.

"수고했어, 언니."

"애, 그 언니 소리 좀 그만해."

나기사는 지긋지긋하다는 투로 말했다.

가게의 여자들은 모두 나이를 밝히지 않기 때문에 확실하지는 않지만, 곧 마흔을 앞둔 나기사가 제일 연장자일 것이다. 주변에서도 언니나 엄마 같은 역할을 바랄 때가 많았기에 나기사도 어쩔 수 없이 그 역할을 도맡아 왔다.

원래 누구를 돌보는 것 차체를 좋아하지 않는 성격의 나기사에겐 적잖이 버거운 역할이었다. 그래도 어리고 경험이 부족한 아이들에게 사회에서 살아가는 데 필요한 최소한의 정보를 알려주는 게 본인이 할 일이라고 생각했다.

나기사는 인생의 대부분을 남자로 살아왔다.

인생의 대부분을 남몰래 고민하며 보냈고, 서른이 넘어서야 여자로서 살아갈 각오를 했다.

늦긴 했어도 삶의 방식을 바꿀 수 있어 다행이라 여겼다. 죽을 때까지 바꾸지 못하는 사람도 많다. 아직 이 도시는 가볍게 커밍아웃을 할 수 있는 분위기가 아니다.

하지만 고민을 들어주는 사람이 있었더라면 더 빨리 바꿀 수 있었을지도 모른다는 생각이 든다. 해답까지는 가르쳐 주지 않더라도, 그저 곁에서 고민을 공유해 주는 사람이 있었더라면…….

그래서 나기사는 본인에게 어울리는 역할이 아니라고 생각하면서도 언니나 엄마처럼 따르는 아이들을 포용했다.

하지만 미즈키까지 그렇게 부르는 데는 조금 서글픈 마음이 들었다.

미즈키는 나기사에게 특별한 존재였다. 친한 친구를 넘어 이젠 가족에 가까운.

서른은 훌쩍 넘었을 미즈키는 가게에서 유일하게 나기사와 비슷한 또래다. 다른 누구보다 차분하게 대화할 수 있을뿐더러, 말로 하지 않아도 서로 이해할 수 있는 부분이 많다고 느꼈다.

무엇보다 큰 이유는 둘 다 성전환 수술을 하지 않았다는 점이다. 가게에 있는 대부분은 수술을 했다. 둘 다 수술을 하고 싶지만 할 수가 없는 상황이었고, 푸념이나 약한 소리를 서로 털어놓을 수 있다는 점이 둘 사이의 거리를 좁혀주었다.

나기사에게 미즈키는 의지할 수 있는 소중한 존재다. 그런 미즈키마저 언니 취급을 하면 나기사는 약한 소리를 할 곳이 없어지고 만다.

"그치만 언니잖아."

미즈키가 놀리듯 말했다.

"아이 참, 싫다니까."

"알았어, 알았어."

미즈키는 항복했다는 듯 두 손을 들고, 그 후로 나기사를 언니라 부르지 않았다. 남의 기분을 기민하게 맞춰주는 미즈

키의 이런 성격이 나기사는 좋았다. 왜 이런 성격을 손님 접
대할 때는 못 살리는 걸까.

나기사는 맥주를 단숨에 반쯤 들이켰다. 거품과 함께 피로
가 씻겨 내려갔다.

"낮엔 좀 어때?"

나기사는 턱을 괴며 가볍게 물었다.

"뭐, 그냥저냥 그래."

미즈키는 낮에도 일을 했다.

학회용 전문서를 만드는 편집 프로덕션이었다. 대학에서
생명공학을 전공했던 미즈키는 능력을 높이 평가받았다. 미
즈키는 그곳에서 편견을 느끼지 않고 마음 편하게 일을 했지
만, 월급이 너무 적었다. 스위트피 월급까지 더해도 겨우 먹
고 사는 게 고작이다.

"이 일 가지고는 아무리 모아도 수술은 무리야. 나기사는?"

"나도 한참 멀었어."

1년 전에도 비슷한 말을 했다. 1년 뒤에도 서로 아직 멀었
다고 하는 것은 아닐까, 그런 생각을 하자 맥주가 씻어낸 줄
알았던 피로가 어깨를 무겁게 짓눌렀다.

"그럼 차라리 강도짓이라도 할까? 뉴스에 나올 거야, 뉴하
프 둘이 수술하려고 강도짓을 했다고. 유명해질걸?"

미즈키가 진지한 표정으로 말했다.

"관둬. 무슨 말도 안 되는 소리를."

"농담이야, 농담."

미즈키는 손을 휘휘 내저으며 웃었다. 나기사는 미즈키의 잔에 맥주를 따르며 자신을 타이르듯 말했다.

"꾸준히 열심히 하는 수밖에 없어."

"응, 맞아. 건배!"

두 사람은 다시 잔을 부딪쳤다. 유리잔은 유달리 맑은 소리를 내며 울렸다.

나기사는 스위트피에서 도보로 20분 정도 떨어진 맨션에 살고 있었다.

맨션이라고 해도 지은 지 50년은 된 듯한 낡은 건물이었다. 입주할 때 오래되어 낡아빠진 방을 직접 개조했다. 100엔 숍이나 할인점에서 파는 싸구려 소품들을 활용해 살짝 레트로 느낌을 풍기는 차분한 공간으로 만들어 나가는 작업은 힘들지만 즐거웠다.

창가에는 금붕어 수조가 놓여 있었다.

지치고 힘들 때 너울거리는 금붕어의 꼬리를 보고 있노라면 어쩐지 마음이 편안해졌다.

나기사는 하품을 참으며 금붕어에게 먹이를 주고는 어제 아무렇게나 던져놓은 가방을 집어 들었다.

거울을 보지 않아도 퉁퉁 부은 얼굴이 느껴졌다. 어젯밤 미즈키와 예상외로 과음을 한 것을 후회하면서 가방에서 1,000엔짜리를 여럿 꺼냈다. 꼬깃꼬깃한 1,000엔짜리 지폐는 모두 손님에게 받은 팁이었다. 공연 다음 순서인 팁 타임은 요코 마마의 '모두 서로 사랑합시다!'라는 뜻 모를 외침과 함께 시작되는데, 그때 손님들은 마음에 든 댄서에게 나무젓가락에 끼운 1,000엔짜리를 건네준다. 1만 엔을 끼워두는 손님도 있긴 하지만 아주 드물었다. 이때 받은 팁은 그대로 댄서의 주머니로 들어간다. 무시 못 할 소중한 수입원이었다.

나기사는 지폐를 모두 고스란히 저금통에 넣었다. 1,000엔짜리를 툭툭 떨어뜨리는 순간의 작은 쾌감을 음미하면서.

말이 저금통이지, 설탕 같은 조미료를 담는 투명한 용기에 불과하다. 지폐가 점점 쌓여가는 모습을 직관적으로 볼 수 있다는 점이 마음에 들어 사용 중이다.

물론 월급 같은 돈은 은행 예금으로 저축하고 있지만, 실제 눈에 보이는 형태로도 돈을 모으고 싶었다.

투명한 용기 속 켜켜이 쌓여가는 지폐 더미는 나기사에게 중요한 동기 부여가 되어주었다. 이 저금통에 지폐가 가득 차면, 염원하던 수술을 받을 수 있다.

그것이 나기사의 목표였다.

"아, 맞다."

나기사는 스마트폰을 꺼내 저장해 둔 성형외과 번호로 전화를 걸었다. 신호음이 몇 번 울리기도 전에 전화를 받은 여자는 혀 짧은 목소리로 병원 이름을 말했다.

"여보세요, 다케다 나기사예요. 오늘 예약 가능한가요? 네, 네. 그럼 3시로 부탁드릴게요. 네, 네. 감사합니다."

전화를 끊자마자 벨 소리가 울렸다.

나기사에게 전화를 걸 사람은 그리 많지 않았다. 의아한 듯 화면을 확인한 순간, 나기사의 표정이 흐려졌다.

'어쩌지?'

고민도 잠시, 귓가를 시끄럽게 때리는 벨 소리에 쫓기듯이 에잇, 하고 화면을 터치했다.

"여보세요."

"겐지니?"

엄마인 가즈코의 높은음에서 낮은음으로 떨어지는 듯한 히로시마 억양을 듣자마자 나기사는 가슴이 답답해짐을 느꼈다. 어렸을 때부터 그랬다. 엄마의 목소리가 거북했다. 엄마가, 엄마의 목소리가 싫은 건 아니었다. 그저 거북할 뿐이었다.

"어, 나야. 무슨 일인데?"

남자답게 말하려 신경을 집중했다. 엄마에겐 아직 사실을 말하지 못했다. 앞으로도 과연 말할 기회가 있을까?

"잘 지내니?"

"어, 뭐. 잘 지내."

"가끔은 연락 좀 하렴."

"왜 전화했는데?"

나기사는 시계를 확인하며 초조하게 물었다. 성형외과 예약 시간에 늦고 싶지 않았다.

"미키코네 사오리, 기억하지?"

나기사는 순간 생각에 잠겼다. 미키코는 엄마의 여동생으로 나기사의 이모다. 이모 딸도 친척 모임 등에서 몇 번 만난적이 있긴 하지만, 한참 옛날 일이다. 솔직히 얼굴도 잘 기억나지 않았다.

"응, 기억해."

"사오리 딸인 이치카는 기억하니?"

"어…… 누구더라……."

"이치카 말야, 이치카. 벌써 중1이 되었단다."

"어? 아. 기억은 나는데, 걔가 왜?"

"사오리가 그 뭐야, 양육 포기라고 하던가. 아무 일도 않고 놀고만 있어."

엄마의 말에 성격 까칠해 보이는 날카로운 눈매의 미소녀가 뇌리에 번뜩 떠올랐다.

그러고 보니 사오리는 학창 시절 불량배 꼬리표가 붙은, 이른바 날라리였다.

히로시마라는 지방 도시에서 불량배는 통과 의례 같은 것이었다. 특히 인기 있고 눈에 띄는 아이일수록 그런 경향이 강했다. 별달리 눈에 띄는 타입도 아니었던 나기사는 다행히 그 의례를 통과하는 일 없이 지나갔지만 사오리는 중학교 진학 무렵 불량배가 되어 10대에 임신과 결혼, 출산을 거친 후 그대로 이혼하고 싱글맘이 되었다. 도미노가 좌르륵 쓰러지듯 연달아 기억이 되살아났다.

"미키코가 병이 나는 바람에 우리가 돌봐줬는데, 시청에서 연락이 왔지 뭐니. 이치카의 양육을 포기한 거 아니냐며."

"양육 포기……."

좋지 않은 예감이 들었다.

"학대야, 학대. 사오리가 TV에 나오면 안 되잖니. 정말이지 난감하다니까."

엄마는 전화를 건 용건을 꺼내지 않은 채 끊임없이 얼마나 난감한 상황인지를 이야기했다.

불길한 예감이 점점 커져만 간다.

겨우 엄마가 본론을 꺼냈을 무렵, 나기사는 거북한 목소리를 계속 듣느라 이미 진이 다 빠진 상태였다.

아무래도 좋으니 지금 당장 전화 통화가 끝났으면 하고

바랄 만큼.

이윽고 엄마가 전화를 끊자, 나기사는 긴 한숨을 내쉬었다.

불길한 예감일수록 더 잘 맞아떨어진다.

단골 성형외과는 나기사네 집에서 걸어갈 수 있는 거리에 있었다.

호르몬 주사를 맞기 위해 정기적으로 다녀야 했기 때문에 가깝다는 점은 고마웠다.

주사를 맞는 동안 나기사의 눈은 늘 손톱을 향했다. 곰의 발톱처럼 길고, 화려하게 꾸며진 간호사의 인조 손톱. 그 손톱이 주사기를 쥐고 나기사의 팔을 누르고 있었다.

일상생활에는 지장이 없나. 그런 생각을 하는 사이 주삿바늘은 나기사의 피부를 파고들었다. 신기하게도 솜씨는 괜찮았다.

"이대로 꾹 누르고 계세요."

혀 짧은 소리와 함께 부채 장식처럼 우스꽝스럽게 꾸민 손톱이 겨우 나기사의 살갗에서 떨어져 나갔다

간호사가 준 알코올 솜으로 주사 맞은 곳을 누르며 나기사는 의사의 말을 기다렸다.

"별일 없나?"

지긋한 나이에 어울리지 않는 갈색 머리의 의사가 외모만

큼이나 가벼운 어조로 말했다.

중년 호스트 같은 의사와 술집 여자 같은 간호사. 아무리 신주쿠에 있는 성형외과라 해도 위화감이 느껴졌다.

하지만 호르몬 주사 가격은 이 일대 시세에 비해 현저히 저렴했다. 패션 센스와 말투만 참고 넘기면 나머지는 괜찮았다. 지금은 조금이라도 돈을 아껴야 했다.

"우리 병원 다닌 지 얼마나 됐지?"

"3년이요."

"그래? 오래됐네."

친한 척하는 말투에 나기사는 쓴웃음을 지으며 고개를 숙였다.

"네…… . 오랫동안 봐주셔서 고마워요."

"이제 슬슬 해버리지 그래? 돈이 없으면 대출을 받는 방법도 있고."

"아직 저축 중이에요. 좀 더 걸릴 것 같아요."

"저축만으로는 돈 모으기 힘들어. 결단을 내려야지."

최근 수술 권유가 늘었다. 일본이 아닌 태국에서 수술을 하는 사람이 많아서 국내 전문 병원은 환자 확보에 필사적이라는 이야기를 가게 동료에게 들은 적이 있다.

주사 가격이 싼 이유도 어쩌면 수술 환자를 확보하기 위한 방책일지 모른다. 의사 선생님도 필사적인 것이다.

"이미 방콕행 티켓 끊었다고 하기 없기."

나기사의 생각을 꿰뚫어 본 듯한 말에 가슴이 철렁했다.

"아니에요. 아직 한참 더 모아야 해서 방콕은커녕 고향에
도 못 가요."

나기사는 웃으며 얼버무리고는 허둥지둥 클리닉을 빠져
나왔다.

빨리 돈을 모아 저 껄렁껄렁한 선생님 뒤통수를 홀랑 쳐
버리고 태국으로 가고 싶었다.

나기사는 수술비나 수술 후의 케어 비용까지 고려해
500만 엔을 목표로 삼고 있었다. 하지만 아직은 턱도 없이
멀기만 했다.

스위트피에 다니는 여자애들 중에는 씀씀이가 헤픈 아이
도 있었지만 나기사는 건실했다. 명품 매니큐어 따위로 가끔
씩 사치를 부릴 때도 있었지만 젊은 애들처럼 화장품이나 명
품 옷을 마구 사들이거나 놀러 다니지는 않았다. 쇼핑은 여
자의 스트레스 해소법이라며 쇼핑백을 주렁주렁 들고 다니
는 여자애들을 보면 부러운 마음이 들었지만, 그럴 때마다
저금통의 지폐 더미를 보며 마음을 다잡았다.

그렇게 허리띠를 졸라매도 돈은 지지부진하게 모였다.

남들보다 한참 늦었어. 하루라도 빨리 진짜 여자가 되고
싶어. 그러기 위해서는 한 푼이라도 많은 돈이 필요해.

그러한 까닭에 나기사는 엄마의 억지 제안을 받아들였다.

신주쿠역 동쪽 출구까지는 앞으로 5분. 약속 시간에는 조금 늦을 것 같았지만 나기사는 일부러 페이스를 유지하며 걸었다.

싫은 타입이다.

약속 장소인 계단에 앉아 있는 소녀를 보자마자 든 생각이었다.

나기사가 조금 늦었음에도 불안한 기색 없이 그저 무표정하게 앉아 있었다. 마른 체구에 어울리지 않는 커다랗고 빨간 가방을 멘 모습이 마치 가출한 아이 같았다.

하긴, 법적으로도 돌봐줘야 할 범위에 있는 친척 아이이기는 하다. 게다가 어른으로서 지켜줘야 할 미성년자.

즉, 나기사가 보호해 줘야만 하는 어린 소녀다.

그러나 감싸주고 싶은 생각은 조금도 들지 않았다.

소녀는 가엾은 아이 그 자체였다. 언뜻 보기에도 학대를 받은 양, 독특한 어둠이 배어 나오고 있었다.

나기사는 남의 동정을 받는 것도 싫었고, 자신에게 동정심을 들게 하는 일이나 사람도 싫었다.

"닮았네."

그것이 나기사가 소녀, 이치카에게 건넨 첫 마디였다. 삐

뚫어져 있던 중학교 시절의 사오리와 정말 꼭 닮아 있었다.

"닮았어, 엄마랑."

한번 더 말을 건넸지만 이치카는 반응이 없었다. 안 들리나 싶어 한 발 다가가자, 이치카는 무표정 그대로 나기사를 올려다보았다. 나기사를 보는 눈에도 감정이 없었다. 그럼에도 나기사는 왜인지 비난을 받는 듯한, 대답하기 어려운 질문을 받은 듯한 기분이 들었다.

그 눈은 불쾌하기까지 했다.

"따라와."

나기사는 짧은 한마디를 던진 다음, 이치카가 잘 따라오는지 확인도 하지 않은 채 걷기 시작했다.

이치카는 무표정한 얼굴로 나기사의 뒤를 따랐다.

나기사가 일부러 이치카를 따돌릴 수 있을 만큼 빠른 속도로 걸었음에도 이치카는 바짝 따라왔다.

나기사의 등을 쫓으며 이치카는 손에 쥔 사진을 흘끗 보았다.

가즈코가 겐지, 즉 나기사와 만날 때를 위해 이치카에게 준 사진이었다. 사진 속에는 정장을 반듯하게 차려입은 짧은 머리의 남자가 있었다. 이치카는 사진과 비교하듯 앞서가는 나기사를 물끄러미 바라보았다.

빨간 힐에 빨간 매니큐어, 빨간 립스틱에 긴 머리카락. 사진 속 모습과는 전혀 달랐다.

이치카는 확인하듯 몇 번이고 사진과 눈앞의 나기사를 비교하며 쳐다보았다.

"얘……."

갑자기 걸음을 멈춘 나기사가 롱코트 자락을 휘날리며 돌아보았다.

"느릿느릿 걷지 좀 말아줄래? 말해두지만 좋아서 널 맡은 게 아니야. 날 화나게 하지 마."

나기사는 짜증 가득한 말투로 쏘아붙이다가 이치카의 손에 들린 사진을 보고 삽시간에 표정이 굳어졌다.

"뭐야, 그거?"

나기사는 또각또각 힐 소리를 내며 다가가 사진에 손을 뻗었다.

남자였을 때의 모습을 보는 건 오랜만이었다. 집에 있던 남자였을 때의 사진은 모두 버렸다. 사진과 함께 나기사는 그 모습을 자기 안에서 지워버렸다.

다시는 보고 싶지 않던 모습이었다. 그 모습을 이치카의 불쾌한 눈이 보았다고 생각하자 온몸의 피가 거꾸로 치솟는 것만 같았다.

"이리 내!"

나기사는 이치카의 손에서 거칠게 빼앗은 사진을 아무런

망설임 없이 찢어발겼다.

"너, 집에다가 쓸데없는 소리 했다간 가만 안 둬."

이치카 못지않은 무표정으로 그리 내뱉은 다음, 나기사는 아까보다 더 빠른 걸음으로 걷기 시작했다.

이치카는 아주 조금 망설이는 듯한 시선으로 찢긴 사진 조각을 보다가, 이내 말없이 나기사의 등을 쫓았다.

사람의 발길이 끊이지 않는 신주쿠 3번가를 지나, 드디어 두 사람은 나기사의 오래된 맨션에 도착했다.

차라리 따라오다 놓쳐 미아가 되어버리면 좋았을 것을. 이치카의 존재가 성가시게 느껴져 뿌리치듯 걸음을 재촉했지만, 이치카는 뒤처지지 않고 잘 따라왔다.

어깨를 들썩이며 조용히 숨을 고르는 나기사에 비해 이치카는 숨도 가쁘하지 않았다.

엄마 말로는 중학교 1학년이라 했는데, 나이에 비해 체력이 좋은 듯했다. 제 체력만 깎아먹은 것 같아 더욱 부아가 치밀었다.

"이거 열쇠. 이 우편함 안에 매일 넣어둘게."

여벌 열쇠를 만들 생각은 전혀 없었다. 어차피 잠깐 있을 거니까.

오래된 이 맨션에 엘리베이터 같은 건 없다. 남은 체력을 쥐어짜 단숨에 3층까지 계단을 오른 후 나기사는 문을 열었다.

"빨리빨리 들어가."

나기사의 재촉에 이치카는 신발을 벗고 방으로 들어섰다.

나기사는 아무 생각 없이 이치카가 벗어둔 구두를 응시했다. 닳고 닳아 해지고 더러운 구두. 이치카의 발에는 분명 작은 사이즈였다. 손가락으로 구겨 넣어가며 억지로 신었겠지.

하지만 무슨 상관이람.

나기사는 낡아빠진 신발에서 시선을 떼고 일부러 기계적으로 딱딱하게 이 집의 규칙에 대해 설명했다.

"신발은 신발장에."

가뜩이나 좁은 집이다. 낡은 신발 하나가 현관에 있는 것만으로도 무게감이 느껴졌다.

이치카는 시키는 대로 신발을 신발장에 넣었다. 낡아 빠진 신발이 시야에서 사라지자 나기사는 작게 안도의 한숨을 내쉬었다.

"방은 매일 잘 정돈할 것. 넌 아무 데고 빈 곳에서 자. 이불은 매일 개어 둬. 목욕은 내가 먼저. 넌 내가 없을 때 씻어. 내가 없을 때는 금붕어한테 먹이를 주고. 전학 수속은 우리 엄마가 하신다는 것 같으니, 알아서 가. 이상이야. 질문은?"

대답은 없었다. 생각해 보니 만난 후 한번도 이치카의 목소리를 들어보지 못했다.

이치카는 물끄러미 한 곳을 바라보고 있었다.

"뭘 봐?"

그것이 창가에 널어둔 튜튜임을 깨달은 나기사는 황급히 옷장에 집어넣었다. 그러고는 분주히 화장을 고쳤다.

"나 지금부터 일 가야 하니까, 알아서 있어. 열쇠는 여기에 둔다."

열쇠를 이치카에게 흔들어 보인 후 신발장 위에 두었다. 역시나 반응은 거의 없었다. 이치카와 보낼 앞으로의 생활에 불안을 느끼며 나기사는 하이힐을 신었다.

그리고 이치카를 돌아보지 않은 채 그대로 하이힐 소리를 내며 일터로 나섰다.

홀로 남겨진 이치카는 귀를 쫑긋 세우고 하이힐 소리가 더는 들리지 않는 것을 확인한 후 옷장으로 다가갔다.

옷장 안에는 분명 아까 보았던 튜튜가 있었다.

이치카는 살며시 손을 뻗었다. 당장이라도 날아오를 듯한 백조에 손을 뻗듯이, 살며시.

왜 이게 여기 있지?

걸려 있는 튜튜를 살포시 손으로 쓰다듬었다. 튜튜 옆에는 하얀 깃털 장식도 걸려 있었다. 이치카는 깃털도 조심스레 만져보았다.

그러다 결국 참지 못하고 튜튜를 옷장에서 꺼내 들었다.

모를 거야.

이치카는 만약을 위해 현관문의 작은 구멍으로 복도에 나기사가 없는지를 확인한 다음, 치마를 벗고 튜튜를 입었다. 그리고 다시 현관 밖 기척을 살핀 후, 큰맘 먹고 하얀 깃털 장식도 집어 들었다.

머리에 쓰고 방에 있는 거울을 들여다보았다.

이건…… 그거다.

이치카는 방 한가운데 서서 빙글빙글 돌아보았다. 한쪽 발을 회전축 삼아 팽이처럼 빙글빙글.

몇 번이고 계속해서 빙글빙글 도는 사이에, 이치카는 저도 모르는 새 희미하게 미소를 지었다.

문득 회전을 멈추고 창문 밖을 쳐다보니 바깥은 이미 어둑어둑했다.

번화가의 네온이 빨리도 켜지기 시작했다. 가까이서 보면 강렬하고 화려한 네온도 조금 떨어져서 보면 만화경처럼 아름다웠다.

이치카는 그 빛을 보며 히로시마의 밤을 떠올렸다. 이렇게까지 많지는 않지만 히로시마의 번화가에서도 이치카는 밤마다 네온을 바라보았다.

꾀죄죄한 흰 셔츠에 중학교 교복 차림을 한 이치카가 술집과 유흥업소의 호객꾼들 사이를 빠져나와 향한 곳은 한 술

집이었다.

담배 연기 자욱한 복도를 코를 쥐고 나아갔다. 더는 이치카의 존재에 놀라지 않는 유흥업소 언니들 사이를 빠져나가 검은 옷의 매니저가 기다리는 대기실로 향했다. 매니저는 씁쓸한 표정으로 손짓했다.

"저거 봐."

가게 안쪽에는 엄마인 사오리가 곤드레만드레 취해 있었다.

"자기가 먼저 취하면 어쩌자는 거야. 손님을 먼저 취하게 해야지. 나 원 참, 빨리 데려가. 다음에도 이러면 모가지라고 전해."

이것이 이치카의 일과였다.

정신없이 취한 엄마를 부축해 집까지 데리고 가기. 축 늘어져 짓눌러 오는 무거운 엄마의 몸, 술 내음을 풍기는 입김에 기분이 좋지 않았다.

집에 도착해서도 긴장을 풀 수 없었다. 걱정스런 마음에 얼굴을 내미는 주민들에게 사오리는 꼭 시비를 걸기 일쑤였기 때문이다.

"뭘 봐! 맞을래?"

전직 불량배다운 위협적인 고함 소리에 주민들은 허둥지둥 집으로 들어갔다.

"엄마, 그만해."

어느 날, 이치카는 엄마에게 조심스레 말을 건넸다. 무엇보다 건강이 안 좋아 보이는 엄마가 걱정스러웠다. 그러나 말을 다 하기도 전에 사오리는 이치카의 뺨을 때렸다. 이치카가 몸을 가누지 못할 만큼, 세게.

"어디서 건방을 떨고 있어! 너 때문에 일하고 있는데!"

사오리는 한번 화를 내면 감당할 수 없었다. 사소한 일에도 쉽게 흥분해 몇 번이고 손찌검을 했다.

그러나 폭력을 휘두른 뒤에는 언제 그랬냐는 듯이 이치카에게 약한 모습을 보였다.

매달리듯이 이치카를 끌어안고는 흐느껴 울었다.

"엄마가…… 힘들어서 그래……. 정말 나쁜 엄마야……. 미안해, 이치카. 잘하고 싶은데…… 어떻게 할 수가 없어……."

사오리는 울면서 이치카에게 계속 사과하다가 그대로 잠들곤 했다. 그런 엄마에게 이불을 덮어주는 것도 이치카의 역할이었다.

그것이 히로시마에 있었을 때의 이치카의 일상이었다.

물론 태어났을 때는 그렇지 않았다.

이치카가 어렸을 때는 자상한 엄마였다.

이치카는 사오리가 열아홉 살에 낳은 아이였다. 아빠는 사오리와 같은 폭주족 출신이었지만, 사오리의 임신을 알고

난 후로는 폭주족도 그만두고 판금 공장에서 일을 하기 시작했다.

사오리도 동네 라멘집에서 일을 시작해, 셋이서 행복한 가정을 꿈꾸며 열심히 노력했다.

하지만 아직 10대였던 두 사람은 끝내 어른이 되지 못했다. 아빠는 이치카가 태어난 지 반 년 후 모습을 감췄다.

이 아이는 내가 행복하게 키울 거야.

그렇게 결심한 사오리는 마트 파트타임도 늘리고, 엄마와 이모의 도움을 받으며 어린 이치카를 홀로 키웠다.

사오리가 한계에 달한 것은 이치카가 여섯 살 정도 됐을 무렵이었다. 그때까지 놀지도 않고 필사적으로 일하며 빠듯하게 생활했는데 엄마가 병으로 쓰러져 버린 것이다. 치료비도 만만치 않았지만, 더 큰 문제는 일하는 동안 이치카를 돌봐줄 사람이 없었다. 어린이집에 보내려 해도 돈이 문제였다.

사오리는 생활비를 마련하기 위해 일을 더 늘렸다. 나라에서 주는 보조금도 신청해 봤지만 밑 빠진 독에 물 붓기였다.

결국 그 스트레스 때문인지 클럽에서 옛 친구들과 어울리기 시작했다. 히로시마의 클럽에서 춤추는 건 즐거웠다. 모든 것을 잊은 채 술에 취했고, 새로운 남자친구도 사귀었다. 남자친구의 소개로 유흥업소에서 일하기 시작했다.

그러나 즐겁게 술에 취해 집에 돌아와도 이치카의 존재가 사오리를 순식간에 현실로 되돌려놓았다.

끝내 사오리는 술에 취하면 이치카에게 손찌검을 하게 됐다.

원체 감정을 잘 드러내는 편이 아니었지만, 사오리가 폭력을 휘두르게 된 다음부터 이치카의 표정은 점점 사라졌다. 얻어맞아 빨개진 뺨을 감싸지도 않은 채 아무 일도 없었다는 듯 행동하는 이치카의 모습은 때로는 사오리의 분노를 더더욱 부채질했고, 때로는 죄책감을 불러일으켰다.

표정에 드러나지 않는다 해서 이치카가 아무 감정도 못 느낀 것은 당연히 아니었다.

억누른 스트레스는 자기 팔뚝을 깨물며 달랬다. 이로 꽉 물고는 이러다 살이 뜯겨 나가는 건 아닐까 싶을 정도로 세게 힘을 주었다. 깨문 자국에는 멍이 들었다. 이치카의 팔에는 언제나 멍이 가득했다. 그러나 그 사실을 사오리, 선생님, 반 친구들 모두 눈치채지 못했다.

꼬질꼬질한 교복 차림으로 다니는 이치카는 학교에서도 소외된 존재였다. 친구도 없었기에 엄마가 집에 올 때까지 이치카는 아무 놀 거리도 없는 살풍경한 집에서 그저 무릎을 끌어안은 채 멍하니 앉아있을 수밖에 없었다.

그런 이치카에게 단 한 가지 즐거움이 생겼다. 처음으로 내일이 기대되는 즐거움이.

계기는 한 할머니와의 만남이었다.

"얘야, 팔다리가 길쭉하구나."

어느 날, 집 근처 공원을 지나가는데 부스스한 백발을 휘날리던 할머니가 말을 걸었다.

가만히 보면 아직 할머니라 부를 나이도 아니었고, 생각보다 젊었을지도 모른다. 하지만 어린 이치카의 눈에는 백발 하나만으로도 충분히 할머니로 보였다.

할머니의 이름은 길렘이라고 했다. 이웃 주민들은 꺼려했지만 아이들에게는 다정해서 '니시 공원의 길렘 선생님'이라 부르며 따르는 아이가 제법 있었다.

절대 일본인 이름 같지 않은 '길렘'이라는 호칭이, 세계적인 발레 무용수 실비 길렘Sylvie Guillem에서 따왔다는 사실을 이치카가 알게 된 것은 한참 후의 일이었다.

"발레 해보지 않으련?"

"발레요?"

"그래, 발레."

길렘 선생님은 동네 아이들을 모아놓고 방과 후에 발레를 가르치고 있었다.

가르친다 해도 레슨 장소는 공원이었고, 철봉이 발레 바를 대신했다. 발레 슈즈 같은 건 아무도 신지 않았고 모두 운동화 차림이었다.

하지만 겉보기와는 달리 길렘 선생님의 레슨은 진지했다. 기본적인 발레 동작을 철저하게 복습하다 보니, 경험이 거의 없는 이치카도 얼마 후에는 그럴듯한 포즈와 포지션을 취할 수 있었다.

얼결에 시작했던 이치카는 곧 정신없이 빠져들었다.

춤출 때는 모든 것을 잊을 수 있었다.

나만이 존재하는 세상.

이치카는 이윽고 누구보다도 열심히 길렘의 푸른 하늘 발레 교실에 다니게 되었다.

"앤 원, 앤 투…… 땅을 잘 디디고 앞, 옆, 뒤. 사이에 삘리에, 마지막 옆 르띠레로 발랑쎄. ……샘에서 물이 솟구쳐 오르듯이 에너지가 태어났다가 사라지고…… 옳지."

길렘은 순서대로 아이들 한 명 한 명을 지도했는데, 그중에서도 이치카에게는 특히 많은 정성을 쏟았다. 다른 아이가 할 수 없는 동작도 이치카에게는 가능한 반복하게 했다. 춤을 추면서도 이치카의 무표정은 변함없었지만, 속으로는 길렘 선생님의 지도에 부응하려 안간힘을 썼다.

날마다 내 몸이 변해간다. 마음속으로 그린 대로, 원하는 대로 점점 움직인다.

이토록 내 몸이 내 것임을 느낀 적은 처음이었다.

그러나 그런 나날의 끝은 느닷없이 찾아왔다.

몇몇 아이의 엄마가 경찰관을 데리고 공원에 들이닥쳤다.

"후미! 여기 오면 안 된다고 했잖아!"

"뭐 하는 거야!"

제 딸의 손을 거칠게 잡아챈 엄마들은 길렘을 노려보고는
자리를 떴다.

경찰은 아무 일도 없었다는 듯 지도를 계속하려는 길렘을
황당한 눈으로 바라보았다.

"지카 씨, 또 이러고 있어요? 부모한테 말도 없이 애들한테
이상한 춤 가르치면 안 된다고 했잖아요. 돈까지 받고……."

길렘은 아이들에게서 돈을 받고 있었다. 저학년은 100엔,
고학년은 500엔을 길렘이 준비한 깡통에 넣었다. 개중에는
돈을 마련하지 못해 과자로 레슨비를 내는 아이도 있었다.

이치카는 돈은커녕 과자도 마련하지 못했지만, 특기생으
로 면제를 받았다.

"이상한 춤? 이건 발레야."

길렘은 당당하게 가슴을 폈다. 경찰이 의아한 얼굴로 "발
레?" 하고 되묻자, 길렘은 자랑스럽게 말했다.

"난 옛날에 스위스에서 발레를 했어."

"스위스요? 여긴 히로시마예요. 자, 집에 가세요. 가."

경찰은 길렘의 말을 듣는 둥 마는 둥 적당히 대꾸하고는

공원 바로 앞에 있는 작고 낡은 집으로 데려갔다. 잡초로 뒤덮여 폐허 직전으로 보이는 집. 그 집에서 길렘은 혼자 살고 있는 듯했다.

길렘을 바래다주고 온 경찰은 집에 가라며 남은 아이들을 다그쳤다. 아이들은 고분고분하게 일제히 공원에서 흩어졌지만 이치카는 홀로 남아 묵묵히 연습을 계속했다.

다음 날도, 그다음 날도 이치카는 공원에 갔다. 하지만 길렘 선생님은 모습을 드러내지 않았다. 이치카는 혼자서 배운 동작을 마냥 반복했다.

감정을 억누를 수 있는 방법을 발견한 지 꽤 됐다.

어찌 되든 상관없다고 생각하면 된다. 내 일도, 주변 일도 어찌 되든 상관없다는 식으로 아무 기대도 하지 않으면 실망도, 상처받을 일도 없다.

그렇게 살아왔다. 세상은 단조로운 회색빛이었지만 힘겨운 날들보다는 나았다.

하지만 발레를 만나고 이치카는 요동치는 자신의 마음을 느꼈다.

의지로는 억누를 수 없는 충동.

하지만 이제 길렘 선생님의 교실은 없어졌다.

그러던 어느 날, 이웃 주민의 신고로 아동상담소 직원이 찾아왔다. 사오리는 직원에게 덤벼들었고, 무슨 일인가 하고 모여든 이웃 주민들이 북새통을 이룰 정도의 소동이 벌어졌다.

학대로 판단되나 바로 보호 조치할 정도의 상황이라 속단할 수는 없었고, 무엇보다 서슬 퍼런 사오리의 기세에 눌린 직원이 일단 발걸음을 돌렸다. 하지만 이 소동은 친척들 귀에 곧바로 들어갔다. 그리고 사오리가 모르는 사이에 친척들이 상의하여 이치카를 도쿄의 친척집에 맡기기로 한 것이다.

쫓기듯 도쿄행 심야버스에 올라탄 탓에 이치카는 친척이 어떤 사람인지 자세히 듣지 못했다. 약속 장소에서 얼굴이나 알아보라며 사진을 받은 게 고작이었다.

하지만 약속 장소에 나타난 친척은 사진 속의 아저씨가 아닌 여자였다. 여자가 되어 있었다.

그 사실에는 조금 놀랐지만, 이치카에게는 어찌 되든 상관없는 일이었다.

그 사람도 발레를 하나?

잠시 생각하다가 이치카는 황급히 생각을 멈추었다.

기대해 봐야 이루어지는 것은 없다는 사실을 이치카는 잘 알고 있었다.

2

"엄마에게 학대를?"

파우더를 두들기던 손을 멈추고 미즈키가 깜짝 놀란 얼굴로 나기사를 쳐다보았다. 나기사는 지긋지긋하다는 듯 한숨을 내쉬었다.

스위트피 대기실에 도착하자마자 나기사는 미즈키를 붙잡고 이치카에 대해 이야기하기 시작했다.

누군가에게 털어놓지 않으면 진정될 것 같지 않았다.

"웬일이니. 그런 일이 다 있네."

"옆집 사는 사람이 구청에다 신고했대. 엄마가 어찌나 당황해하던지."

"그래서, 나기사가 맡게 된 거야?"

"응."

"어머나, 힘들겠다."

결국 펫시터 아르바이트나 다름없다고 납득하긴 했지만, 사실상 눈 뜨고 당한 셈이었다. 거절할 틈을 주지 않으려 멋대로 이치카를 신주쿠로 보내놓고 당일에야 전화하다니. 나기사에게 일이 있거나 사정이 있었으면 어쩌려던 걸까.

아니, 엄마는 애시당초 그런 생각을 하지 않는 사람이었다. 옛날부터 엄마는 본인의 중대사가 온 세상의 중대사라고 믿는 사람이었다.

"무슨 생각을 하는지 알 수가 없는 애야. 뭔가 짜증나."

"하지만 귀엽잖아."

"하나도 안 귀여워. 날 보는 눈도 뭔가 죽은 사람 눈 같아서 무서운걸."

자기 몸을 끌어안고 부들부들 떠는 제스처를 취했다. 미즈키는 웃으며 가볍게 말했다.

"잘 대해줘. 힘든 일을 겪고 왔으니까."

"그럼 네가 맡든가."

"뭐? 내가?"

두 사람은 이치카 이야기를 하면서도 잽싸게 화장을 마무리하고 나란히 홀로 향했다.

스위트피에서 나기사가 하는 일은 쇼뿐만이 아니었다. 접객도 중요한 업무였다.

쇼에 비해 접객은 나기사에게는 우울한 시간이었다.

뉴하프 쇼 클럽의 고객층은 대개 다 비슷했다.

접객 장소로 이용하는 회사원들, 자기보다 예쁜 '남자'를 보러 오는 여자 손님들 그리고 단란주점과 유흥업소를 두루 경험한 후 새로운 자극을 얻으려고 뉴하프 클럽을 찾은 돈 좀 있는 남자들.

그중 상당수가 정도의 차이만 있을 뿐 편견을 가지고 있었다. 나기사와 종업원들의 존재를 재미있어하는 무신경한 손님도 있는가 하면, 마치 다 이해한다는 태도로 편견을 강요하는 손님도 있었다.

돈 때문이라 생각하면 어지간한 일은 다 납득할 수 있다는 말은 마마의 입버릇이었지만, 적당히 나이를 먹고 밤의 세계에 뛰어든, 이른바 '중도 입사'를 한 나기사와 미즈키는 편견을 받아들이며 접객하는 일이 영 익숙해지지 않았다.

나기사와 미즈키는 요코 마마 쪽 자리에 앉았다. 이미 아키나와 캔디도 자리를 잡고 있었다.

"안녕하세요. 나기사예요."

"처음 뵙겠습니다. 미즈키라고 해요."

요코 마마의 소개에 나기사와 미즈키가 미소를 지으며 인사했다.

손님은 정장 차림의 남자 두 명과 화려한 분위기의 여자 두 명이었다. 뭔가 평범한 회사원 같지는 않다고 생각하는데, 요코 마마가 들뜬 목소리로 연예계 쪽 사람들이라고 알려주었다. 와이드 쇼의 연예 뉴스에 사족을 못 쓰는 요코 마마는 연예 관계자라는 사실만으로 신이 난 듯했다.

뉴하프 클럽을 찾는 연예 관계자들이 많다는 이야기를 듣긴 했다. 실제로 나기사도 여태껏 놀랄 정도로 많은 연예계 쪽 사람들을 접객했다.

"작은 기획사예요. 그리고 이 애들은 탤런트 지망생이고요. 오늘은 공부 겸 들렀습니다."

상사인 듯한 남자가 말했다. 이미 꽤나 취한 것 같았다.

나기사는 슬며시 '탤런트 지망생'이라는 여자들을 눈으로 뜯어보았다. 확실히 아름답긴 했지만 기품이 느껴지지는 않았다.

이것도 편견일까, 나기사는 속으로 혀를 내둘렀다.

"다들 예뻐요."

여자들은 나기사 일행을 보고 부자연스럽다 싶을 만큼 과장된 탄성을 질렀다. 상사가 바로 한마디 거들었다.

"너네, 지금 남자보다 못해. 알아?"

"아잉, 너무하신다."

"여장남자도 이렇게 열심히 사는데, 너네도 열심히 해. 알겠어?"

나기사는 무심코 미즈키와 얼굴을 마주했다.

밤의 세계에서 이런 말에 일일이 반응했다간 끝도 없다는 건 잘 알고 있었지만, 그래도 '중도 입사'를 한 두 사람은 반응하기 십상이었다.

요코 마마처럼 80년대를 헤쳐 온 여자 중에서는 자신을 여장남자라고 부르는 사람도 적지 않았지만 나기사는 별로였다. 누님이라는 말도 싫었다.

그렇다고 굳이 가게에서 트랜스젠더나 LGBT라는 말을 쓸 생각도 없었다. 자기소개를 해야 할 때는 뉴하프라고 했다. 스위트피가 뉴하프 클럽을 자처하고 있으니, 그렇게 부르는 게 타당하다고 생각했다. 뉴하프라는 말이 일본에서만 통하는 신조어라는 사실은 물론 알고 있었고, 사잔 올 스타즈(1978년에 데뷔해 국민적 인기를 모으고 있는 일본의 5인조 밴드. 구와타 게이스케가 보컬을 맡고 있다)의 구와타 게이스케가 만들었다는 도시 전설도 알고는 있었다.

남자 반 여자 반이라 뉴하프라나 뭐라나.

완연한 여자라는 인식이 있는 나기사에게는 유래까지 생각하면 썩 내키지 않는 말이었지만, 달리 마땅한 표현도 찾지 못해 결국 자기를 뉴하프라 칭할 때가 많았다.

솔직히 호칭의 정의나 구분에 연연하기도 귀찮았다. 하지만 그래도 여장남자라는 호칭은 마음에 걸렸다.

"뭐, 어쩔 수 없어. 우리가 워낙 예뻐서. 좀 미안하지만……
언니들, 못생겼잖아."

나기사와 미즈키의 미묘한 반응을 감지한 마마가 재빨리
끼어들어 분위기를 띄웠다.

여자 손님이 있는 경우엔 일단 여자 쪽을 공략하는 게 기
본이다. 독설을 뱉으면 뱉을수록 좋아한다. 항의하듯 마마의
어깨를 두드리는 여자들 옆에서 남자들이 폭소를 터뜨렸다.

"마마, 재밌네. 너희도 각 현장마다 웃음 하나씩은 터뜨려
주고 가야 돼. 그러니까 맨날 그 모양인 거야."

여자들은 티가 나게 뿌루퉁한 표정을 지었다.

정신을 차리고 보니 아키나는 부하 남자 직원과 팔짱을
낀 채 아양을 떨며 몸을 기대고 있었다. 아무래도 제 취향의
남자인 듯했다. 어젯밤, 그렇게 사랑할 수 있는 사람은 없을
거라며 펑펑 울던 그 남자하고는 깔끔하게 헤어졌단다.

"살이 탔네. 듬직하고 멋진 남자잖아."

아키나는 더듬더듬 남자의 가슴팍을 만졌다.

"골프 쳐?"

미즈키의 질문에 남자가 대답했다. "아뇨, 서핑."

"어머나, 멋지잖아. 오빠, 나랑 사귀자."

그러면서 다가가는 아키나의 눈이 진지함으로 가득했다.

"얘, 남자한테 환장해요. 신경 쓰지 마세용."

평소처럼 캔디가 짓궂게 타박했지만 아키나는 아랑곳하지 않고 초콜릿을 집어 남자의 입가로 가져갔다.

"자, 앙, 어서요. 입 벌려봐."

남자가 쭈뼛거리며 입을 벌리자 아키나는 초콜릿을 입속에 밀어 넣었다.

"얘는 스치기만 해도 반하는 애라서요. 너무 하이 텐션이라 미안해요."

항상 아키나의 '사랑병'에 애를 먹는 마마도 미안한 듯 한마디 거들었다.

그래도 아키나의 폭주는 멈추지 않았다.

"저기, 나도 바다 데려가 줘요. 서핑 해보고 싶어."

"와, 깬다. 진심이네, 얘."

캔디가 정색하며 타박했다. 아키나는 눈썹을 치켜올리며 버럭 화를 냈다. "시끄러워!"

"뭐, 이 호박아."

"뚱땡이가."

대기실에서 늘 하던 싸움이 손님 앞에서 시작돼 버렸다.

"너희, 손님 앞에서 그만 못 해?"

마마가 어처구니없다는 듯 끼어들었지만 둘의 말싸움은 점점 더해갔다.

어휘가 점점 사라지고 마치 어린애 싸움처럼 욕설만 오가는 가운데, 나기사만 홀로 먼 곳을 응시하고 있었다.

"바다라……. 듣기만 해도 좋네."

누구한테 하는 말이 아닌, 혼잣말로 중얼거렸다.

"어, 바다 좋아해요?"

아키나와 캔디 사이에서 당황해하던 남자가 나기사의 말에 반응했다.

그 모습에 삐친 아키나는 자기 술잔을 단숨에 들이켰다.

"초등학교 때 학교에서 바다를 갔었어."

나기사가 조용히 이야기를 시작했다.

"아, 그런 학교 있지."

"맞아, 난 호수였는데."

남자 상사도 대화에 끼어들었다.

"나는 바다였어."

어느 새인가 그 자리에 있던 사람들 모두 나기사의 말에 귀를 기울이고 있었다.

"하지만 내 머릿속에선 계속 어떤 생각이 떠나지 않았어. 왜 나는 남자 수영복일까. 왜 여자 수영복이 아니냐며 울었지. 그 이후로는 안 갔어."

지금도 그때 일을 생생히 기억했다. 눈부신 태양, 갈 곳 없던 분노도.

나기사가 말을 끊자 객석은 쥐죽은 듯 조용해졌다. 녹은 얼음이 유리잔에 부딪히는 소리만 들려왔다.

"그래서 언젠가 가고 싶어, 바다에."

나기사는 그때의 바다를 떠올리려 멍하게 허공을 응시했다. 하지만 떠오르지 않았다. 그럴 만도 했다. 그때는 고집스럽게 바다에 시선을 주지 않았으니까.

그걸 떠올린 나기사는 희미한 미소를 지었다.

"어, 여기서 웃어도 돼? 웃으면 인성 쓰레기인가?"

남자 상사가 당황한 듯 큰 목소리로 말했다. 나기사의 이야기가 남긴 잔잔한 여운은 확실히 이 자리와 어울리지 않았다.

"갑자기 분위기가 우울해졌어. 나기사답네."

조금 전까지 뿌루퉁해 있던 아키나였지만, 재빨리 나서 분위기를 이어가 주었다.

"있지, 있지. 그런 게."

마마가 대화를 이어갔다. 캔디가 재빨리 받아쳤다.

"아니, 마마는 없잖아. 있어도 전쟁 전 아니야?"

"어른 놀리는 거 아냐. 네가 태어나기 전부터 난 여자로 살고 있었으니까."

마마가 캔디의 등을 기세 좋게 두들기자, 비로소 이 자리에 필요한 유쾌한 대화가 되돌아왔다.

"우리 애들 마실 거 좀 시켜도 돼요?"

마마가 대뜸 남자 상사에게 웃으며 물었다. 백전노장인 마마는 이미 매상 쪽으로 마음을 바꿔 먹은 듯했다.

그다음 주, 나기사는 이치카를 데리고 신주쿠의 한 중학교로 향했다.

선글라스와 롱코트로 무장하다시피 한 나기사는 불쾌한 기색을 감추려 들지 않았다. 학교 수속은 나기사의 엄마가 한다고 했는데, 보호자로서 학교에 가야 한다는 말을 뒤늦게 들은 탓이었다.

아무리 신주쿠에 있는 학교라 해도 교복 차림의 중학생들 사이에서 나기사의 모습은 너무 튀었다. 나기사의 뒤를 걷는, 꼬질꼬질한 다른 학교 교복 차림의 이치카에게도 재미있다는 듯한 시선이 마구잡이로 쏟아졌다.

회의실로 안내되어 담임과 학년 주임을 앞에 두고도 나기사는 선글라스를 벗으려 하지 않았다.

담임과 학년 주임은 난감한 듯한 표정으로 나기사를 바라보았다.

"신주쿠구로 전입하는 거…… 맞으시죠……?"

"맞아요. 자, 여기 서류요."

나기사는 엄마가 보낸 서류를 테이블 위에 툭 던졌다. 그런 다음 말없이 이치카를 남겨두고 후다닥 자리를 뜨려 했다.

"저…… 저기요, 잠깐……."

담임이 서둘러 나기사를 불러 세웠다.

"뭔데요?"

"이치카 학생이랑은, 어떤……."

"친척. 그냥 친척이에요. 저만한 딸이 있어 보여요?"

"저기…… 이 학교에는 잠시만 있을 거라고 들었습니다
만……."

"그게 뭐요? 뭐 문제라도?"

"아뇨, 문제는 없습니다."

"그럼 이만."

나기사는 힐 소리를 내며 회의실을 나섰다.

남겨진 이치카에게 담임은 곧바로 수업을 받으라고 말했
다. 단기간의 전입이라 특별히 교복을 빌려준다는 말도 덧붙
였다.

담임은 필요한 말 외엔 하지 않았다. 이치카는 눈엣가시
취급을 받고 있음을 느꼈다. 하지만 딱히 상관없었다. 히로
시마의 학교에서도 거의 비슷한 취급을 받았다.

멍하니 창밖을 보고 있는 사이 오전 수업이 끝났다.

쉬는 시간이 되자 이치카를 호기심 어린 눈으로 바라보던
남학생들이 곧바로 다가왔다.

이치카 앞에 나란히 선 아이들은, "네가 물어보라"고 속닥이며 서로 투덕거렸다.

잠시 뒤, 가운데 선 아이가 비장하게 물었다.

"저기, 아까 그 사람은 아빠야, 아님 엄마야?"

한번 누군가가 말문을 열자 아이들은 일제히 재잘대기 시작했다.

"TV 같은 데도 나와?"

"너도 여자 옷 같은 거 입어봐."

"헐. 못 해, 못 해."

남자애들은 뭐가 우스운지 와하하 웃었다.

이치카가 자리에서 일어섰다.

팔다리가 길쭉길쭉한 이치카는 웬만한 남자들보다 키가 컸다. 아이들은 기가 죽은 듯 반걸음씩 물러났다.

"키 크네."

남학생 하나가 무심코 말을 뱉었다.

이치카는 무표정 그대로 남자아이들을 내려다보다가 갑자기 앉았던 의자를 집어 들어 아이들 쪽으로 던졌다. 의자는 그중 한 명에게 정통으로 맞았고, 그 아이는 볼링핀처럼 맥없이 쓰러졌다.

이치카는 그 모습을 다 보지도 않고 교실을 뛰쳐나갔다.

하지만 뛰쳐나가 봐야 갈 곳이 전혀 떠오르지 않았다.

이치카는 무작정 걷고 걷다가 인기척 없는 비상계단에 걸터앉았다.

시시해.

다 사라져 버렸으면.

이치카는 소매를 걷고 이로 팔을 물었다. 살짝 마음이 가라앉았다.

이치카는 멍하니 시간을 죽이고 있었다. 하지만 꽤 오랫동안 찾아다닌 듯한 담임에게 발견되어 회의실로 끌려갔다.

"왜 의자를 던졌니?"

담임과 학년 주임이 몇 번이고 물었지만 이치카는 대답하지 않았다. 이치카에게 애당초 이유 따윈 없었다.

"어처구니없는 문제아가 전학을 왔군."

학년 주임이 무심코 뱉은 본심을 담임이 황급히 제지했다. 하지만 누가 어떻게 생각하든 아무 상관없었다.

선생들은 나기사에게 전화를 걸었다. 하지만 나기사는 받을 기미가 없었다.

선생들은 난처한 듯 작은 소리로 속닥거리며 상의하다가, 잠시 후 나기사에게 보여주라며 이치카에게 편지 한 통을 적어주었다.

나기사를 학교로 불러내려는 거겠지.

겨우 풀려났을 때는 벌써 방과 후가 되어 있었다.

학교를 나선 이치카는 제일 처음 눈에 들어온 쓰레기통에 담임이 준 편지를 던져 넣었다.

결국은 나기사네 집으로 돌아가야만 하겠지. 하지만 지금은 곧장 귀가할 마음이 들지 않았다.

정신없이 걷는 도중 이치카는 문득 앞을 가로질러 가는 소녀들의 모습에 시선을 빼앗겼다. 소녀들은 모두 긴 머리를 동그랗게 말아 올리고 있었다.

발레 머리다.

이치카는 소녀들을 눈으로 쫓았다.

고향인 히로시마에서도 발레 교실에서 나오는 여자아이들이 다 동그란 올림머리를 하고 있던 모습을 본 적이 있었다. 길렘 선생님의 푸른 하늘 교실에도 엄마가 해줬다며 자랑스럽게 올림머리를 하고 수업에 참여한 아이가 있었다.

"어제 선생님 무서웠지?"

"응, 무서웠어."

"역시 콩쿠르가 가까워서 그런가?"

"절대 아닐걸. 그냥 저기압이야."

소녀들은 재잘거리며 걸어갔다.

도쿄에도 발레 교실이 있나?

생각해 보면 당연한 이야기였다. 하지만 이치카는 길렘 선생님이 아니면 다시는 발레를 못 할 거라고 생각하고 있었다.

경찰이 길렘 선생님을 찾아온 지도 꽤 지났다. 발레를 안 한 지도 오래됐다.

정신이 들고 보니, 이치카는 소녀들의 뒤를 살포시 쫓고 있었다.

소녀들은 조금 앞쪽에 자리한 집으로 우르르 들어갔다. 언뜻 보기에는 평범한 가정집 같았지만 '발레 교실'이라는 큼지막한 간판이 걸려 있었다. 조심조심 다가가자 안에서 피아노 소리가 들려왔다.

문에는 '스튜디오 입구'라고 손으로 쓴 안내문이 붙어 있었다. 이치카의 손이 빨려 들 듯 문을 만졌다.

"조금 더 높이! 더!"

아주 살짝 문을 열자마자 화들짝 놀랄 만큼 큰 소리가 들려왔다.

이치카는 황급히 문을 닫았다.

하지만 안을 들여다보고 싶은 마음이 굴뚝같았다.

이번에는 창가 쪽으로 자리를 옮겨 슬며시 안을 엿보았다.

어딘가 낡은 스튜디오였다.

레오타드 차림의 소녀들 한가운데에서 레깅스에 스포츠웨어 상의를 걸친 여자가 찌릿찌릿한 공기가 흐를 정도의 고성을 내지르고 있었다.

"자, 다음 사람! 샤쎄할 때 엉덩이가 무거워. 사쿠라, 글리

싸드 때 발꿈치 앞, 알롱쥬 손 길게. 자, 다음 사람 바로 준비. 린, 아쌍블레 때 밑에 다리, 공중에서 5번. 아라베스끄 뻗어. 자, 땅을 차! 오케이, 좋았어."

길렘 선생님이 즐겨 쓰던 발레 용어가 이치카의 귀에 기분 좋게 들어왔다. 길렘 선생님의 지도를 받을 때도 마치 특별한 주문처럼, 물 흐르듯 지시하는 목소리를 듣는 것이 좋았다.

학생들은 대부분 고등학생쯤 되어 보였다. 모두 여자의 지도를 착실히 따랐다.

개중에도 열 명 정도 되는 학생들은 길렘 선생님의 푸른 하늘 교실에 다녔던 아이들보다 훨씬 춤을 잘 추었다.

"자, 오늘은 여기까지. 레베랑스. 수고했어. 린, 잠깐 와봐."

가장 잘 추던 아이를 호명했다. 이목구비가 또렷한, 의지가 강해 보이는 야무진 표정을 짓고 있었다.

린.

이상하게도 이치카는 그 이름을 단숨에 외웠다.

"네."

여자 앞에 선 린은 등을 꼿꼿이 세웠다.

"린은 장차 프로가 되고 싶다고 했지?"

"네."

"그럼 좀 더 점프를 확실히 해."

"네."

그때 창문 너머로 여자와 눈이 마주쳤다. 이치카는 순간적으로 쪼그려 앉았다. 그리고 낮은 자세로 슬그머니 도망치려 했다.

"얘, 잠깐만!"

도로로 뛰어나가려던 찰나, 등 뒤에서 목소리가 들려왔다. 뒤를 돌아보니 여자가 다급하게 소리치며 달려오고 있었다.

"기다려!"

이치카는 마지못해 발걸음을 멈췄다. 엿보았다고 혼날지도.

"괜찮으면 이거 가져가렴."

여자가 내민 것은 발레 교실 전단지였다.

직접 만들었는지, 아마추어 티가 나는 소박한 디자인의 전단지에는 여자의 사진 밑에 '강사: 가타히라 미카'라고 적혀 있었다. 그리고 미카의 실적과 경력도 자세히 적혀 있었는데, 이치카의 눈은 그 아래쪽의 '체험 레슨'이라는 글자에 빨려 들어가고 있었다.

"이 근처 사는 애니? 발레에 관심 있어?"

미카가 이치카에게 열심히 질문을 던졌지만, 이치카는 아무 대답도 하지 않았다. 허나 전단지만큼은 잘 챙겨 들고는 조용히 입을 다문 채 걸음을 재촉했다.

"이상한 아이네."

아무 말도 없이 걸어가는 이치카를 보며 미카는 고개를 갸웃했다. 그러다 갑자기 지도자의 눈빛으로 이치카의 뒷모습을 예의주시했다.

"팔다리는 길쭉하네."

미카는 그렇게 혼잣말을 하고는 교실로 돌아갔다.

저금통에 1,000엔짜리를 떨어뜨린다. 1,000엔짜리가 쌓여가는 모습을 봐도 평소처럼 마음이 설레지 않았다. 아무리 시간이 지나도 지폐 더미는 이 높이 그대로일 것만 같다는 기분마저 들었다.

시간이 지나도 가득 채워지지 않는 건 아닐까 하는 불안감이 밀려왔다.

얼마나 더 모아야 여자가 될 수 있을까?

그런 생각을 하며 엄마에게 전화를 걸었다.

"아, 여보세요? 나야. 그 애, 학교에 잘 보냈어."

— 덕분에 살았다. 이치카에게 무슨 일이라도 생겨서 TV에 나오기라도 하면 정말 곤란하잖니.

엄마는 전에도 했던 이야기를 장황하게 반복했다. 요는 남 말하기 좋아하는 시골에서 체면 깎일 일을 피하고 싶은 것이다. 나기사는 엄마의 말을 거칠게 끊었다.

"돈, 확실하게 보내줘. 이쪽도 생활하기 빠듯하니까."

반강제로 떠맡긴 했지만, 결국 이치카를 맡기로 결심한 이유는 돈을 주겠다는 엄마의 제안 때문이었다.

엄마 말로는 친척들이 모여 이치카의 양육비를 낼 계획이라고 한다. 얼마인지 금액은 아직 확실히 말해주지 않았지만, 조금이라도 목돈이 들어오면 계획 실현이 매우 가까워질 것이다.

"나도 알아. 지금 의논 중이야."

"전화 기다릴게."

전화를 끊는 순간 문이 열리며 이치카가 느릿느릿 들어왔다. 이치카는 말없이 자기 공간으로 향했다.

짧은 기간이라 해도 좁은 집에서 공동생활을 하는 만큼, 나기사는 이치카에게 자기 공간을 선택할 수 있게 해주었다. 가급적 그곳에서 생활하라는 말도 건넸다. 이치카가 선택한 곳은 부엌이었다.

손바닥만 한 부엌에서 밤에는 이불을 깔고 잤다. 낮에도 고지식하게 그 작은 공간에서 벗어나지 않았다.

그래도 아직 귀엽다는 생각은 들지 않았다. 나기사를 보는 눈은 여전히 불쾌 그 자체였다.

돈 때문이다. 나기사는 스스로에게 되뇌었다. 하지만 짜증을 다스리지 못한 탓에, 이치카를 부르는 목소리에 절로 가시가 돋쳤다.

"이리 좀 와봐."

쳐다도 안 보고 부르는 소리에 이치카는 천천히 다가왔다.

이제 곧 가게에 나갈 시간이다. 나기사는 거울을 보면서 화장을 하며, 등 뒤의 이치카에게 말을 걸었다. 이러면 시건 방진 이치카가 보일 일도 없다.

"학교에서 연락이 왔는데. 너한테 편지를 줬다고."

대답이 없다.

"나한테 학교로 오래. 같은 반 애한테 의자를 던졌다며, 진짜야?"

역시 대답은 없었다. 나기사는 크게 한숨을 내쉬었다.

"있지, 말해두지만 네가 학교에서 무슨 짓을 하든, 막 나가든 별 상관은 없는데, 나한테 피해는 주지 마. 한 석 달만 얌전히 있어. 학교는 절대 안 간다고 선생한테 말하고."

말이 격해지며 분노가 부글부글 들끓어 올랐다. 충동적으로 가까이에 있던 걸레를 이치카에게 집어 던졌다. 몸에 걸레가 닿아도 이치카의 표정은 변함없었다. 혼나는 와중에도 나기사를 탓하는 듯한 눈으로 물끄러미 바라볼 뿐이었다.

"그리고, 청소는 매일 하라고 했지?"

이 집에 살 거면 뭐가 됐든 알아서 집안일을 해주었으면 했다. 적어도 나였으면 그렇게 생각했을 거다.

아이라인을 그리다 만 눈으로 나기사는 이치카를 노려보았다. 이치카는 그 시선을 똑바로 마주했다. 그리고 눈싸움에 지친 나기사가 시선을 거둘 무렵 천천히 걸레를 줍더니, 그대로 나기사에게 도로 던졌다.

"싫어."

나기사가 처음으로 들은 이치카의 목소리였다.

"뭐라고?"

"싫어."

"진짜 짜증나는 애네. 네가 누구 집에 있는 줄은 아니?"

"딱히 부탁한 적 없어."

나기사는 이치카를 맡기로 한 결정을 새삼 후회했다. 손이 좀 더 가는 반려동물을 맡은 셈 치자고 생각한 게 실수였다.

뭐 이런 아이가 다 있담.

나기사는 천천히 몸을 일으키며 가방과 코트를 집어 들고 이치카를 노려보았다.

"다녀올 때까지 깨끗하게 안 치워 두면 진짜로 쫓아낼 거야."

내뱉듯이 말을 마친 나기사는 가게로 향했다. 이치카의 저 눈에서 조금이라도 벗어날 수 있다는 사실에 안심이 되었다.

남겨진 이치카는 한동안 말없이 그대로 서 있었다. 바닥에 떨어진 걸레를 노려보듯 쳐다보았다. 갑자기 무표정한 이치카의 얼굴이 크게 일그러졌다. 이치카는 긴 팔을 뻗어 쓰레기통을 붙잡고는 크게 휘두르며 집안 곳곳에 쓰레기를 흩뿌리기 시작했다.

아무것도 부탁한 적 없어.

도쿄에 오는 것도, 도쿄에서 사는 것도, 애당초 태어난 것도, 아무것도, 아무에게도 부탁한 적 없었다. 멋대로 뭔가를 강요하고, 멋대로 비난한 건 다 어른들이었다.

싫어, 싫어, 싫어.

쓰레기통 안에는 이미 아무것도 남아있지 않았다.

이치카는 쓰레기통을 내던지고 소매를 걷어 올렸다. 아직 낮에 깨물은 자국이 선명히 남아 있었다.

바로 옆의 살을 크게 깨물었다. 피 맛이 아픔과 함께 천천히 번져오자, 비로소 조금 진정되는 느낌이 들었다.

스위트피의 쇼 타임은 하루 두 번이다.

오늘 첫 번째 쇼를 위해 나기사와 동료들은 백조 의상을 입고 있었다.

복도 끝 커튼을 지나면 무대가 펼쳐졌다.

"기다렸다고!"

네 명이 모습을 드러내자마자 단골들의 목소리가 날아들었다.

진짜 발레 공연에서는 아마 이렇게 대중 공연처럼 환호성을 지르지는 않겠지. 역시 주목을 받는 건 기쁘다. 하지만 이날은 단골손님도 적었고, 객석은 한적했다.

그래도 눈앞의 손님을 위해 열심히 춤을 출 뿐이다.

무대 위에서 네 명이 포즈를 취하자 경쾌한 음악이 흐르기 시작했다.

'네 마리 백조.'

정확한 이름은 '백조의 호수 2막, 아기 백조 네 마리'.

나기사는 발레에 대한 지식은 없었다. 대다수의 일본인과 마찬가지로 '백조의 호수'라는 제목이야 알지만 제대로 본 적은 없었다. 포즈에 참고가 될까 싶어 인터넷에 올라온 동영상을 흘끗 본 정도다. 하지만 이 춤이 좋았다.

백조로 변하는 공주라는 스토리도 좋았다.

누구나 변신에 대한 소망을 지니고 있다.

〈백조의 호수〉는 마법으로 인해 억지로 백조가 되어버리는 비극적인 이야기이긴 하지만, 나기사의 생각은 달랐다.

백조가 될 수 있다면 되고 싶어.

그리고 하늘을 날아보고 싶어.

무대에서 춤을 추며 이런 어린아이 같은 꿈을 항상 꾼다.

물론 '네 마리 백조'는 나기사가 정한 레퍼토리는 아니다. 벌써 10여 년 전부터 스위트피의 단골 공연 목록이었다. 안무도 대대로 내려온 것이다.

그래서 나기사는 본인의 춤이 얼마나 진짜 '네 마리 백조'를 충실히 재현하고 있는가를 잘 모른다.

〈백조의 호수〉 일본 첫 공연을 본 마마가 감동을 받고 도입했다는 소문이 있지만, 나기사가 인터넷으로 검색해 보니 첫 공연은 전쟁 직후인 1946년이라 그저 소문에 불과한 듯했다.

당연하지만 쇼는 백조의 춤만으로 이루어져 있지 않다. 스위트피는 하룻밤에 일곱 차례 정도의 공연을 선보였다.

공연마다 의상을 바꾸는데, 곡이나 테마에 맞추어 저마다의 취향을 살린 화려한 의상이 준비되어 있다. 현실과 동떨어진 이런 화려한 세계를 만끽하러 오는 손님이 대부분이었다.

첫 쇼를 마치고 나기사 일행은 접객을 위해 홀로 향했다. 무대에서도 느꼈지만 역시 손님이 적었다. 이래서야 팁도 뻔했다. 그런 생각을 하며 나기사는 자리에 앉았다.

나기사가 앉은 테이블의 손님은 초로에 접어든 남성이었다. 지방 시의원이라는 남자 옆에는 남자 비서가 함께 있었다.

달리 접대할 손님도 없었기에 마마를 비롯해 넘버원인 아키나도, 미즈키도 시의원 테이블에 앉았다.

시의원은 몹시 취한 듯했다.

"너희는 이미 공사 다 마쳤나?"

품평이라도 하는 듯한 무례한 시선을 나기사 일행에게 쏟으며, 시의원은 인사도 없이 험한 말을 내뱉었다.

나기사는 저도 모르게 얼굴을 찡그리고 말았다. 접객에 어울리지 않는 표정에 마마는 당황하며 팔꿈치로 쿡 찔렀다.

나기사는 마마처럼 취객을 잘 받아주지 못했고, 취객이 내뱉는 차별적 발언(본인들은 농담이라 여기는 듯하지만)이 여전히 익숙하지 않았다.

짜증나는 손님이다. 나기사는 이 자리에서는 조용히 있기로 마음먹었다.

"흐응…… 갑자기?"

성가신 손님 상대에는 도가 텄다고 늘 큰소리를 땅땅 치던 아키나가 일부러 경박한 어조로 한마디 했다. 시의원은 아키나의 오밀조밀한 얼굴을 빤히 쳐다보다가 천천히 손을 뻗어 그녀의 가슴을 움켜잡았다.

"뭐 하는 짓이야! 이러면 돈 받을 거야."

아키나는 손을 뿌리치고는 발끈하며 노려봤다. 그러나 시의원은 이죽이죽 웃었다.

"뭐 어때. 어차피 만든 거잖아?"

"만든 거 아니거든? 몸은 자연산이야."

"호오, 남자치곤 몸매가 괜찮은데."

마치 우습다는 듯 조롱하는 그 얼굴은 오싹하리만큼 천박했다.

이런 남자가 선생님 소리를 들으며 의회에서는 그럴듯한 소리를 지껄이고 있는 것이다.

인간에게는 앞과 뒤, 두 가지 얼굴이 있다고 나기사는 생각했다. 나기사 본인도 그렇다. 오랫동안 남자 행세를 하며 살았다.

그런 생각은 이 가게에서 접객을 하며 더 강해졌다.

술은 속마음을 드러낸다. 술을 마시게 되면 누구나 알 수 있는 사실이다. 그래서 한계치를 넘겨 술잔을 거듭 비우며 다른 사람이 되는 이는 자기의 속마음을 알아주길 바라는 사람이라고 나기사는 생각했다.

약한 자신을 알아주었으면 하는 사람도 있고, 추악한 질투를 토해내고 싶은 사람도 있다.

분명 이 시의원도 자기가 답도 없는 인간이라는 것을 알아주길 바라는 게 틀림없다. 입꼬리를 꾹 일그러뜨리며 나기사는 남몰래 웃었다.

"손님, 술 안 드실 때는 신사시죠?"

나기사는 미묘한 뉘앙스로 물었다.

"그야 그렇지."

시의원은 눈치채지 못한 듯, 만족스럽게 대답했다.

"그럼 지킬과 하이드네요."

"그게 뭐야?"

"지킬과 하이드는……."

나기사의 표정에서 폭탄 발언의 낌새를 캐치한 마마가 황급히 끼어들었다.

"아이 참, 선생님. 여기 한 잔 더 드세요."

하이볼을 만들어 건네자 시의원은 시큰둥한 표정으로 단숨에 들이켰다.

"옛날 여장남자는 좀 더 재미있었어. 요즘 것들은 권리만 주장하고 말야. 정말 대책이 없다니까? 이러다 나라 망한다고."

"어머, 여장남자가 주장을 하고 다니면 나라가 망해요? 왜요?"

이번엔 미즈키가 물었다. 입가에는 옅은 웃음이 장착되어 있었지만 눈은 전혀 웃고 있지 않았다.

"나라를 망치는 여장남자밖에 없는 이런 가게에 오셔도 괜찮으신 거예요?"

나기사가 연타를 날렸다. 마마도 더는 나기사와 미즈키를 말릴 기미가 없어 보였다. 두 손 두 발을 다 들었다는 표정으로 본인이 마실 진한 하이볼을 한 잔 말아 단숨에 들이켰다.

얼굴이 새빨개진 의원이 뭐라 말하려 입을 연 순간, 비서의 스마트폰이 울렸다.

"선생님, 노무라 선생님 전화입니다."

의원의 표정이 싸악 바뀌었다.

"앗, 선생님. 네, 네네. 그 건은 말입니다, 사정이 조금 바뀌어서……."

황급히 스마트폰을 받아 들고는 보이지 않는 상대방에게 꾸벅꾸벅 고개를 숙이며 가게 안쪽으로 모습을 감췄다. 높으신 정치인의 전화인 듯했다.

한 통의 전화로 여러모로 사정이 달라졌다. 비서도 다른 스마트폰을 손에 들고 바쁜 듯 가게 안쪽으로 사라졌다.

"뭐야, 저 사람? 짜증나게."

두 사람의 모습이 사라진 것을 확인한 다음, 나기사는 말을 뱉었다. 지금부터는 뒷담화 대회다.

"어차피 시골 의원이야, 시골뜨기."

말리는 쪽이었던 마마도 독설을 내뱉었다.

갑자기 뇌리에 어떤 생각이 번쩍인 나기사는 너무 흥분한 나머지 미즈키의 손을 아플 만큼 세게 붙잡았다.

"미즈키, 의원이 되면 어때? 너 똑똑하잖아."

"어? 내가? 왜?"

웃으며 농담을 하려는 미즈키에게 나기사는 진지한 얼굴로 호소했다.

"저런 놈도 되는데. 분명 될 수 있을 거야, 미즈키."

"될 리가 없잖아."

미즈키는 당혹스러운 듯 쓴웃음을 지었지만, 마마도 진지한 표정으로 크게 고개를 끄덕였다.

"정치인? 꿈같은 이야기지만, 미즈키라면 가능할지도."

"마마, 이 가게 이름이기도 한 스위트피 있지? 원래는 흰색이랑 분홍색밖에 없었대."

나기사는 인터넷에서 최근 알게 된 지식을 풀어놓았다. 이야기의 흐름을 쫓아가지 못한 채 어리둥절해하고 있는 미즈키에게 차근차근 설명하듯 말을 이어나갔다.

"원래 빨간 스위트피는 없었어. 하지만 품종개량으로 빨간색이 생겨난 거야. 우리 같은 꽃이라고. 미즈키라면 혁명을 일으켜 줄 것 같지 않아?"

인터넷에서 우연히 이 정보를 알게 됐을 때, 나기사는 진심으로 그렇게 생각했다. 빨간 스위트피는 이미 보편적으로 피어 있다. 원래 색이 하얀지, 분홍인지, 아니면 반반인지 아무도 개의치 않는다. 새로운 색의 꽃으로 아름답게 피어나면 된다고 생각했다.

"오호, 스위트피 혁명이라 이거군."

마마가 즐거운 표정으로 중얼거렸다.

"그래, 스위트피 혁명."

"귀여워."

아키나까지 가세했다. 미즈키를 비롯한 모든 사람이 이 말을 마음에 들어 하는 듯했다.

"스위트피 혁명에 건배!"

나기사 일행은 일제히 잔을 모았다.

손님 없는 칸막이석에 맑은 소리가 울려 퍼졌다.

미카가 신주쿠에서 자그마한 발레교실을 시작한 지도 벌써 7년째다.

다섯 살 때부터 발레를 시작해, 세계 무대를 꿈꾸며 열정을 불태웠던 소녀였지만, 어른이 된 지금은 현역에서 은퇴한 후, 아이들 육성에 힘을 쏟고 있었다.

발레 세계의 경쟁은 치열했다. 팔다리의 길이 등 타고난 체형과 재능이 무엇보다도 중요하다. 재능은 노력으로 극복할 수 없는 부분이다. 일본인이면서 아무런 제약 없이 세계와 겨룰 수 있는 체형과 재능을 타고난 사람은 유감스럽게도 그리 많지 않았다.

세계 유수의 발레 인구를 거느리고도 국제 대회에 나서지 못하는 일본의 문제는 그뿐만이 아니었다. 교육도 문제였다. 교실 경영을 중심으로 한 업계가 생기면서 많은 사람이 연습 레벨에서 만족하고 그만두어 버리는 특유의 발레 문화가 형

성되어 버렸다.

젊었을 때는 그런 체재를 싫어했던 미카도 지금은 교실 경영자로서 이상과 현실 사이에서 흔들리고 있었다.

미카는 의식적으로 한 사람, 한 사람에게 말을 건넨다.

연습 때는 엄격하지만 그 외 시간에는 가급적 같은 눈높이에서 학생들을 대하려 노력했다. 본인이 어렸을 때처럼 일방적으로 엄하게 대하기만 해서는 안 된다. 그런 운동부 같은 발레 교육 또한 일본의 현재 상황에 악영향을 끼쳤다고 미카는 생각했다.

언젠가 내 손으로 세계적인 발레 무용수를 키워내고 싶다. 그것이 현재 미카의 꿈이었다.

"얘들아, 어제 시험이었지? 어땠어?"

"음…… 저는 망했어요."

"전 나름 괜찮은 것 같아요."

미카가 던진 화제를 학생들은 덥석 물었다.

"일본에는 문무양도라는 말이 있으니까, 공부도 열심히 해야 해, 특히 영어. 영어만은 잘해두렴. 세계 무대에서 춤을 추고 싶다면 말이야."

"해외 가고 싶어요."

"저도요."

아이들은 까르르거리며 달아올랐다.

발레를 잘해서 세계 무대에 오르고 싶다.

발레리나라면 누구나 꾸는 꿈이었다.

하지만 그 꿈을 이루는 사람은 극히 일부다. 재능뿐만 아니라 경제적인 문제도 영향을 많이 미치는 종목이 바로 발레다. 발레에 모든 것을 쏟아붓다가 가세가 기우는 집이 있는가 하면, 집을 팔아서라도 딸의 유학비를 대는 부모도 있다.

세계적인 발레리나 육성은, 굵은 실을 억지로 작은 바늘귀에 꿰는 것과 마찬가지다. 그런 생각에 침울해져 있는데, 문틈으로 안을 들여다보고 있는 이치카의 얼굴이 눈에 들어왔다.

전에 그 이상한 아이다…….

마음의 소리를 삼키며 미카는 미소를 지어 보였다.

"어머, 와주었구나."

이치카는 무표정하게 끄덕였다.

"운동할 수 있는 옷은 가지고 왔니?"

이치카는 가방에서 학교 체육복을 꺼내 보였다. 제대로 빨지 않았는지 꼬질꼬질했다. 가슴팍에는 '사쿠라다'라는 이름이 매직으로 쓰여 있었다. 다른 아이들이 이치카의 때 묻은 체육복을 빤히 쳐다보았다.

"그거면 충분하지, 뭐. 슈즈는 어떡하나…….."

운동복은 그렇다 해도 맨발로 할 수는 없었다.

"저 두 개 있어요."

운을 뗀 사람은 린이었다. 남들보다 머리 하나는 더 큰 아이었다. 날카로운 인상에 긴 팔다리만으로도 눈에 띄는데, 화려한 자줏빛 레오타드 차림 덕분에 무채색 레오타드 무리 사이에서 단연 돋보였다.

"린, 정말이니?"

"네. 마침 어제 새 슈즈를 샀거든요. 낡은 거라 미안하지만 아마 사이즈는 맞을 거예요."

린은 이치카에게 슈즈를 내밀었다. 이치카는 고맙다는 인사도 없이 린이 건넨 슈즈를 받아 들었다. 아이들은 그런 이치카를 경계 어린 눈으로 바라보았다.

미카는 이치카를 탈의실로 보내 옷을 갈아입게 한 다음, 아이들 앞에서 소개했다.

"자, 레베랑스부터."

발레는 반드시 레베랑스라 불리는 인사로 시작한다. 미카가 그것부터 가르쳐야겠다 싶어 돌아보는 순간, 이치카는 무릎을 교차시키며 크게 굽히고 있었다. 손끝부터 발끝까지 의식한 아름다운 레베랑스였다.

아주 초보는 아닌 모양이네.

미카는 순간 이치카를 보다가 음악을 틀었다.

"그럼 양손 바에 대고, 워밍업 땅뒤부터 시작. 발 뒤쪽을

의식하면서 발가락 뒤쪽을 확실히 사용하고 안쪽 허벅지서
부터 앙 드오르, 내전근. 골반 움직이지 말고 고관절만으로
앙 드당."

미카는 바에 일렬로 늘어선 아이들의 움직임을 직접 만져
가며 조금씩 고쳐주었다.

"바닥을 더 눌러. 발바닥 아치, 높이!"

린을 향한 미카의 목소리는 늘 우렁차고 날카로웠다. 린의
재능을 살리는 것도, 죽이는 것도 저에게 달려 있다 생각하
면 엄하게 대하지 않을 수가 없었다.

"린, 항상 말하잖아! 골반 움직이지 마!"

음악이 종반을 향해 가자 미카는 아이들에게 바에서 손을
떼라 지시했다.

살짝 비틀거리는 아이들이 있긴 했지만 대부분 아름다운
포즈를 취한 채 정지해 있었다. 이치카만 기우뚱거리며 오뚝
이처럼 꼴사납게 흔들거리고 있었다. 아이들이 키득거리며
웃음을 터뜨렸다.

"웃지 마! 남을 비웃을 실력들이 돼? 발레는 그리 녹록치
않아. 자, 잠시 휴식."

풀이 죽은 아이들은 물을 마시거나 땀을 닦으며 미카의
안색을 살폈다.

미카는 한번 화가 나면 종일 언짢아한다는 사실을 아이들

은 잘 알고 있었다.

그러나 오늘 미카는 '이상한 아이'에게 관심이 아주 많은 듯했다. 레슨 중에야 눈앞의 아이 한 명 한 명에게 집중했지만 휴식 시간인 지금은 모든 관심이 '이상한 아이'에게 쏠려 있었다.

그 '이상한 아이'는 다들 쉬는 동안에도 발레 동작을 반복하고 있었다.

여전히 흔들거리면서도 포즈를 계속 취했다.

"이상한 애야."

한 아이가 린에게 귓속말을 했다.

"하지만 연습하는 건 좋은 거야."

린은 쌀쌀맞게 대답한 후, 휴식을 일찌감치 마무리한 다음 자체 연습에 나섰다.

린이 이 교실에서 최고인 이유는 누구에게도 지기 싫어하는 아이였기 때문이다. 기술면에서도 지고 싶지 않았지만 연습량이나 다른 면에 있어서도 아무에게도 지고 싶지 않았다.

미카는 이치카에게서 눈을 떼지 못했다. 춤은 엉망이지만 어딘가 끌리는 면이 있었다.

미카는 열심히 밸런스 연습을 반복하는 린의 뒤를 지나 이치카 앞에 섰다.

헉, 하고 충격을 받은 듯 숨을 삼키는 린의 모습은 알아차리지도 못했다.

"발레 배운 적 있니?"

대답을 못 들을 거라 생각했는데, 잠시의 침묵 뒤 이치카
는 희미하게 고개를 끄덕였다.

"꽤 특색이 있는데, 어느 학원에 다녔니?"

이번에는 말이 없었다. 예, 아니오로 답할 수 있는 질문에
만 대답하는 걸까.

이상한 아이지만 확실히 신의 선물이라 할 수 있는 재능
을 이치카는 지니고 있었다. 저 긴 팔다리는 모든 무용수가
갈망하지만 가질 수 없는 재능 이상의 것이었다.

"자, 그럼 시작하자!"

좀 더 이 아이의 춤을 보고 싶다.

설레는 마음에 떠밀린 미카는 평소보다도 훨씬 빨리 휴식
을 끝내고 후반 레슨을 시작했다.

나기사네 집에 돌아와서도 이치카의 흥분은 가라앉지 않
았다.

세면대 거울로 들여다본 얼굴은 여전히 무표정했으나 발
갛게 물든 볼, 반짝이는 눈은 마치 독감에 걸렸을 때와 같았
다. 실제로 열이 나는 듯한 느낌마저 들었다. 몸이 뜨거웠다.

발레가 하고 싶었다. 지금 당장 몸을 움직이고 싶어 안달

이 날 지경이었다. 길렘 선생님의 교실이 없어진 후로도 이치카는 홀로 공원에 나가 매일같이 연습을 거듭했으나, 제몸이 생각대로 움직이지 않는다는 것을 느낄 때마다 절망할수밖에 없었다.

좀 더, 더 잘하고 싶어. 학원에 다니고 싶어.

하지만 체험은 역시 한 번이 끝이겠지.

나기사에게 레슨비를 부탁해 보자는 생각은 해본 적도 없었다. 하지만 쉽게 포기가 되지 않았다. 그간 무언가를 포기하는 데는 이골이 났을 정도인데, 이번만은 도저히 포기할수가 없었다.

어떻게 해야 발레를 할 수 있을까. 이치카는 생각하고 또생각했다.

하지만 전혀 좋은 생각이 떠오르지 않았다.

골똘히 생각에 잠겨있던 이치카는 벌떡 몸을 일으켜 조용히 방 청소를 시작했다.

스스로도 왜 청소를 하는지 이해가 잘 되지 않았지만 뭔가를 하지 않고서는 견딜 수가 없었다.

마음이 싱숭생숭해서 가만히 있을 수가 없었던 탓도 있다. 이치카는 묵묵히 방 안을 정리하고 청소했다.

겨우 청소를 끝마쳤을 무렵, 나기사가 돌아왔다.

"뭐야? 아직도 안 잤어?"

부엌에서 무릎을 끌어안은 채 쭈그려 앉은 이치카를 본 나기사가 놀란 듯 말했다.

시계는 이미 12시를 지나고 있었다.

구두를 벗고 방에 들어오자마자 나기사는 변화를 감지했다.

널브러져 있던 옷가지와 어지러이 흩어져 있던 잡지, 아무렇게나 놓여 있던 페트병 등이 싹 사라졌다. 바닥은 청소기를 돌렸고, 집안 곳곳 먼지까지 닦여 있었다.

믿기지 않았지만, 이치카 외에는 달리 치울 사람이 없었다.

"이게 무슨 일이야?"

이치카는 아무 말 없이 나기사를 쳐다보았다.

"뭔데?"

이치카는 순간적으로 답답한 듯, 짜증내기 직전의 표정을 짓다가 곧바로 무표정으로 돌아와 나기사를 등지고 이불 속으로 들어갔다.

"아니, 대체 무슨 일인데……?"

나기사는 코트를 벗으며 어리둥절한 표정으로 말했다.

이불 속으로 들어가 눈을 감았지만, 전혀 잠이 올 것 같지가 않았다. 문득 정신을 차리면 발레 생각만 머릿속에 가득했다.

나기사가 샤워를 하는 동안, 이치카는 큰 맘 먹고 이불에서 빠져나와 복도로 나갔다.

오래된 맨션 복도에는 여기저기 노출된 수도관이 있었다. 이치카는 그중 하나에 손을 얹고 천천히 포즈를 취했다.

미카의 레슨을 떠올리며 몸을 움직였다.

정신을 차리고 보니 이미 한 시간이 훌쩍 지나 있었다. 땀에 흠뻑 젖었다. 그때까지 전혀 신경 쓰지 않았던 차디찬 밤 공기에 몸이 부르르 떨렸다.

방으로 돌아오니 나기사는 이미 침대에서 자고 있었다.

잘하고 싶어.

잘하기 위해서 매일 연습하고 싶어.

그런 생각을 하며 이불 속에 들어갔다. 이번에는 베개에 머리를 댄 지 몇 분 지나지 않아 깊은 잠에 빠져들었다.

3

　다음 날, 학교에 간 이치카의 등 뒤에서 갑자기 누군가 말을 걸었다.

　전학 첫날 사건을 일으킨 후 이치카는 친구들에게 따돌림을 당했다. 아무도 말을 걸지 않았다.

　자신을 부르는 소리라고는 생각도 않고 계속해서 걸음을 옮기던 이치카의 등을 누군가 툭 쳤다. 돌아보자 손가락 하나가 볼을 꾹 찔렀다. 손가락을 빙빙 돌리며 이치카의 볼을 찌른 채 웃고 있는 아이는, 발레 교실에서 만난 린이었다.

　"안녕!"

　"세상에……."

　같은 학교일 줄이야. 린은 장난기 어린 얼굴로 웃었다.

"설마 같은 중학교였다니. 깜짝 놀랐네."

린은 거의 숨결이 닿을 정도로 얼굴을 바짝 대고 말했다. 마치 키스라도 하려는 듯한 거리. 물끄러미 바라보는 아몬드 모양의 아름다운 눈동자에, 이치카는 무심코 두근거렸다.

"그런데 내가 선배야."

중학교 2학년인 린은 이치카보다 한 살 위였다.

"학교에는 적응했어?"

이치카는 잠자코 고개를 숙였다. 린은 개의치 않고 밝게 말을 이었다.

"선생님은 누구야? 혹시 점보?"

점보는 꼭 씨름 선수마냥 덩치는 큰데 늘 뭔가에 움찔거리는 선생님을 가리키는 거겠지. 다른 애들이 뒤에서 점보라고 부른다는 사실을 이치카도 금방 알 수 있었다.

"아니야."

"그럼 다행이고. 예전 담임이 점보였는데, 진짜 힘들었거든."

린은 일방적으로 자꾸 대화를 이어 나갔다. 린의 이야기는 이해가 잘 안 되거나 어떻게 반응을 해야 좋을지 망설여질 때가 많았지만, 린은 전혀 신경 쓰지 않았다. 상대방이 듣든 말든 상관없는 듯했다. 하고 싶은 말은 반드시 한다는 느낌이었다.

맞장구를 잘 칠 필요도 없고, 억지로 대답할 필요도 없다. 그 사실을 깨닫자마자 린 앞인데도 어깨에 잔뜩 들어가 있던 힘이 자연스레 훅 풀렸다.

"집은 어디야?"

"걸어서 20분 정도."

"어, 그럼 우리 집이랑 가까운 거 같은데? 우리 집에 놀러와! 오케이, 결정. 학교 끝나고 교문 앞에서 만나!"

린은 일방적으로 통보했다. 여태껏 모든 사람이 자신을 그냥 내버려 뒀으면 좋겠다고만 생각했는데, 이치카는 린의 말에 방과 후를 기다리는 자신이 낯설게 느껴졌다.

발레 슈즈를 아무렇지 않게 줬던 린의 집이 부자라는 사실은 대충 짐작하고 있었다. 그럼에도 실제로 본 린의 집은 이치카의 상상을 훨씬 뛰어넘었다. 이치카에게 그것은 집이라기보다 성에 가까웠다.

자동으로 열고 닫히는 문을 빠져나와 넓은 마당을 지나서야 저택 앞에 도착했다. 널찍한 차고에는 자못 고급스러워 보이는 자동차와 오토바이가 늘어서 있었다. 오토바이가 두 대에 자동차도 세 대나 있었다. 그중 한 오토바이를 새하얀 스웨터를 입은 남자가 살펴보고 있었다. 이미 반짝반짝 깨끗한데 왜 일부러 닦고 있는지 이치카는 잘 이해가 가지 않왔다.

"다녀왔습니다."

린의 목소리에 남자는 오토바이를 살피던 손을 멈추고 하얀 이를 드러내며 웃었다. 린의 아버지인 듯했다.

"그래, 어서 와라. 학교는 어땠니?"

"응, 재밌었어."

린과 아버지가 대화를 주고받는 모습을 이치카는 가만히 관찰했다.

이치카는 아버지에 대한 기억이 없었다.

태어난 지 얼마 안 돼 자취를 감춘 탓에 처음부터 없는 사람이나 다름없었다. 때문에 아버지를 만나고 싶다거나 같이 살고 싶다는 감정은 전혀 없었다.

그래도 아버지라는 존재는 묘하게 궁금했다.

린은 학교에서 있었던 일을 역시나 일방적으로 계속해서 이야기했다. 아버지는 잠자코 웃으며 듣고 있었다.

린의 아버지는 다정해 보이는 눈을 하고 있었다. 하지만 어딘가 드라마에 나오는 아버지를 연기하는 배우 같다는 생각이 들었다.

"아버지야?"

현관에서 신발을 벗으며 이치카는 처음으로 먼저 린에게 질문을 했다.

물론 방금 그 남자가 아버지란 사실은 알고 있었다. 린의 반응이 보고 싶었을 뿐이다.

"응, 아빠."

"어떤 분이셔?"

"뭐, 그냥. 별 상관없는 사람."

그렇게 내뱉은 린의 차디찬 표정은 조금 전 학교에서 있었던 일을 들뜬 목소리로 이야기하던 모습과 사뭇 달랐다.

린의 대답은 이치카의 흥미를 끌었다. 진심에 가까운 대답을 들은 것만 같았다.

이치카가 다음 질문을 하려던 순간, 이번에는 화려한 모습의 여성이 나타났다.

"어서 오렴."

린과 똑같은 또렷한 눈매에 어머니라는 사실을 대번에 알 수 있었다.

린의 어머니는 하얀 개를 끌어안고 있었다. 하얀색 옷을 입어 개와 동화된 모습이 우스워 보였다. 물론 웃지는 않았다.

"다녀왔어요."

"학교는 어땠어?"

"재밌었어."

린의 대답은 조금 전 아버지에게 했던 것과 똑같았다. 물론 같은 질문이니 당연하다. 어떤 집이든 엄마, 아빠에게 학교에서 있었던 일을 꼭 이야기해야 하나? 이치카는 생각했다. 같은 이야기여서일까, 린의 말이 녹음된 음성을 재생하는 듯 들렸다. 혹시 매일 같은 말을 재생하기만 하는 걸까. 그럼에도 의외로 들키지 않고 있는 걸까.

"배는 안 고프고? 뭐 좀 먹을래?"

"됐어."

린은 고개를 저었다. 그제야 린의 어머니는 이치카에게 눈길을 주었다.

"어머, 친구니?"

"응. 이치카라고 해."

소개를 하는데도 인사조차 않는 이치카를 어머니는 의아한 듯이 바라보았다.

이치카는 린의 뒤를 쫓아 거실로 들어섰다. 거실만으로도 히로시마에 있는 집 열 채는 너끈히 들어갈 만큼 넓었다.

물건의 값어치를 잘 모르는 이치카가 보기에도 값비싸 보이는 가구들로 가득했다.

개중에도 커다란 그림이 특히나 눈길을 끌었다.

발레 포즈를 취하는 여자와 소녀의 그림. 그 그림이 어머니와 린의 초상화임을 금세 알 수 있었다.

"저기, 린. 그 얘기는 잘 생각해 봤니?"

"응? 외국 유학?"

"그래. 언젠가는 가야 해. 일본에서 계속 춰봐야 별 소용이 없으니까."

이치카가 멍하니 초상화를 응시하는 사이 린과 어머니의 알맹이 없는 대화는 딸의 장래로 주제가 바뀌었다.

"하지만 미카 선생님한테 조금 더 배우고 싶어."

"미카 선생님이 유능한 분인 건 알지만, 실적이 없어. 해외 콩쿠르에서는 선생님 이름도 중요하단다."

이 또한 몇 번이나 린과 어머니 사이에서 되풀이된 대화인 듯했다. 린의 반응은 뜨뜻미지근했지만 어머님은 전혀 아랑곳하지 않고 일방적으로 이야기를 이어 나갔다. 린도 어머니한테는 일방적으로 말을 하진 않나 보구나, 하고 이치카는 생각했다.

"이치카도 발레 하니?"

처음에는 무시하려다가, 일단 딸이 데려온 친구의 '실적'을 확인하려는 마음이 든 듯했다. 이치카 대신 린이 대답했다.

"응, 전학생이라 미카 선생님 교실에 온 지 얼마 안 됐어."

"어머, 그전에도 발레를 했었니?"

이치카는 나직이 고개를 끄덕였다.

"어떤 분께?"

"길렘 선생님."

"뭐?"

"길렘 선생님에게 공원에서 배웠어요."

린 어머니의 얼굴이 삽시간에 굳어졌다. 딸아이의 친구로 받아들여도 좋을지 판단이 서지 않는 눈치였다.

"방으로 가자."

어머니가 입을 열기 전에 린은 억지로 이치카의 손을 잡아끌었다. 이끌려 들어간 린의 방은 2층에 있었다.

린의 방은 온통 발레와 관련된 것들로 가득했다. 콩쿠르 상장과 트로피 그리고 튜튜를 입은 어린 린의 사진으로 가득 메워져 있었다.

"아, 따분해 죽는 줄 알았네."

방에 들어서자마자 린은 가방을 방바닥에 내동댕이치며 한숨 쉬듯 말했다.

"아빠도 올 화이트에 엄마도 흰색, 개도 흰색. 이 집은 죄다 백곰이냐고."

린은 자기가 한 말에 꺽꺽거리며 웃었다. 이치카는 린의 말을 건성으로 흘려듣고는 마치 린의 기념관 같은 방대한 양의 사진을 멍하니 바라보았다.

"아, 그거 나야. 다 엄마가 멋대로 갖다 둔 거. 진짜 짜증나."

린은 거칠게 쿠션을 내던졌다. 쿠션은 벽에 명중했지만 장식된 사진은 단단히 고정되어 있는지 꿈쩍도 하지 않았다.

그중에는 린이 아닌 사람의 사진도 있었다.

"여기 이 사진은 엄마 젊을 때야. 뉴욕인가 어딘가에 있는 발레 학교에 다녔을 때 찍은 거. 아마 연줄 아니면 돈. 아니, 둘 다인가? 엄마가 춤추는 모습을 본 적이 있는데, 진짜 못 춰."

냉정하게 말하며 린은 옷이 가득한 드레스룸 안으로 들어갔다.

린은 서랍을 열었다. 안에는 레오타드가 빼곡히 들어 있었다. 린은 차례차례 마구잡이로 끄집어낸 후 종이봉투에 담아 이치카에게 건넸다.

"자, 줄게."

"돈 없어."

주저하는 이치카의 손에 린은 종이봉투를 억지로 쥐어주었다.

"걱정 마. 우리 집 완전 부자야. 엄마도 매일 피부 관리 받고, 아빠도 연 수입이 억 단위인 데다가 세컨드도 둘이나 있어. 아빠가 말하길 우리 집은 온천처럼 돈이 솟아오른다나."

"하지만 어차피 발레 교실 못 가. 돈 없어서."

이치카는 고개를 숙인 채 털어놓았다. 체험 레슨을 받은 후로 쭉 발레 교실에 다닐 방법을 찾아봤지만 뾰족한 수가 전혀 생각나지 않았다.

"아, 그게 문제구나. 가정 형편 문제라……. 오케이, 오케이. 나한테 맡겨."

린은 바짝 얼굴을 들이대고는 씩 웃었다.

이치카가 린의 집에 가있던 그때, 나기사는 일주일 만에 기다란 인조손톱 장식을 바라보고 있었다.

손톱에 신경을 쏟다 보니 어느샌가 주삿바늘이 살갗 속으로 쏙 파고들었다.

아프지 않다. 역시 솜씨가 좋다. 보기와는 달리.

호르몬 주사를 맞기 시작한 지 3년이 다 되어가고 있었다. 1회 금액은 몇 천 엔 정도지만, 정기적으로 맞는다 치면 꽤 부담스러운 금액이었다.

요 3년 동안 가슴도 제법 부풀어 여성스러운 체형이 되기 시작했지만, 부작용은 아직도 익숙하지 않았다.

호르몬 조울증이라 불리는 이 증상은 사람마다 다르긴 한데, 나기사는 특히 심했다. 집중력이 떨어지고 평소 마음 속 깊은 곳에 담아둔 불안이나 분노가 한꺼번에 밀려오는 감각에 사로잡혔다.

주사를 맞고 집으로 돌아가는 길에 자꾸만 고스케 생각이 났다.

고스케는 나기사가 고향인 히로시마에서 회사를 다니던

때 알게 된 사람으로, 도쿄에 온 다음에도 사귀었던 남자다.

나기사는 어렸을 때부터 스스로의 성 정체성에 대해 고민했으나, 서른이 넘을 무렵까지는 남자로서 남자를 좋아하는 것이라 생각했다. 자신이 소위 말하는 게이인 줄 알았다.

그 때문에 자신이 여자가 되기를 원한다는 사실을 깨닫고, 고스케에게 솔직하게 그러한 감정을 털어놓았을 때는 이별도 각오했다. 그러나 고스케는 나기사에게 사랑한다고 말하며 도쿄까지 따라와 주었다.

그러나 시간의 흐름은 두 사람의 관계를 바꾸어 놓았다.

둘은 서로의 마음과 감정이 부딪치는 와중에도 함께 생활했으나, 점차 서로의 노력만으로는 메울 수 없는 골이 커지면서 두 사람의 관계는 도쿄 생활 3년차에 파국을 맞고야 말았다.

그리고 사흘 전.

오랜만에 연락을 한 고스케에게 결혼했다는 말을 들었다.

동성과 사실혼을 한 건가 싶었는데, 아니었다.

"여자랑 결혼했어."

고스케는 그렇게 말했다. 예상 밖의 대답에 나기사의 감정은 흐트러졌다. 고스케는 양성애자가 아니었다.

"아이를 갖고 싶어."

스스로 깊이 생각한 끝에 내린 결론이리라. 고스케는 담담히 말을 이어 나갔다.

"그래서 그런 면까지 이해해주는 사람이 있어서, 그 사람과 결혼했어."

그리고 지금 임신 중이라고 했다.

사흘 전 고스케에게 이야기를 들었을 때는 우울할지언정 울지는 않았는데, 지금 나기사의 눈에서는 눈물이 흘러내리고 있었다.

고스케를 생각하면 할수록 마음이 흔들렸다. 생각하지 않으려 할수록 견딜 수 없이 떠올랐다. 고스케보다 아이를 생각했다. "아이를 갖고 싶어." 고스케의 그 말이 몇 번이나 되살아났다.

호르몬 주사의 부작용은 이런 감정적인 날에 더욱 잘 드러났다.

비틀거리며 신주쿠 거리를 걷는 나기사의 모습은 사정을 모르는 남이 보기엔 그저 술에 취한 주정뱅이로만 보일 것이다.

나기사는 흐느껴 울며 비척비척 갈지자로 걸었다.

당장이라도 토할 것만 같았다.

비틀거리다 중년 남녀 커플에 부딪혀 길바닥에 나뒹굴었다.

"앞 똑바로 보고 걸어, 이 주정뱅이야!"

남자는 거친 말을 내뱉고 사라졌다.

아스팔트에 닿은 눈물 젖은 뺨이 차가웠다. 일어설 기운도 나지 않았다.

도로 곳곳에 뒹구는 담배꽁초를 보며 나도 저것과 다를 바 없는 존재 같다는 생각마저 들었다. 어쩐지 비참해져 또다시 눈물이 흘렀다.

나기사의 집으로 돌아온 이치카는 린에게 받은 레오타드를 꺼내보았다.

오래되긴 했지만 린의 어머니가 끊임없이 최신 디자인의 레오타드를 사들인 탓에 대부분 입지 않아 새 옷과 다를 바 없었다. 린 어머니의 취향은 이치카에겐 다소 화려하게 느껴졌지만, 세 벌의 레오타드를 비교해 보며 다음 레슨 때는 어떤 것을 입을까 하는 생각만으로도 가슴이 뛰었다.

찰칵, 열쇠가 돌아가는 소리에 황급히 레오타드를 종이봉투에 다시 넣었다.

쿵쾅거리며 평소보다 더 거칠게 들어선 나기사는 그대로 부엌 싱크대로 돌진했다.

"비켜!"

난폭하게 이치카를 밀쳐내더니 싱크대에 얼굴을 파묻고는 그대로 토했다.

취했나?

이치카는 히로시마에서 엄마의 이런 모습을 자주 보았다. 왜 어른들은 술을 마시는 걸까. 나기사를 바라보며 멍하니 그렇게 생각했다.

한참을 토하고 난 나기사는 주변에 물이 튀는 것도 개의치 않고 수도꼭지를 세차게 틀어 폭포수처럼 나오는 물을 컵에 담았다.

그러고는 컵을 손에 들고 침대로 돌진했다.

엄마와 지내던 버릇 때문에 숨을 죽이며 상황을 살피던 이치카의 시선을 느꼈는지, 나기사가 소리치듯 내뱉었다.

"보지 마!"

나기사는 가방에서 알약 같은 것을 꺼내 입에 털어 넣고는 물을 들이켰다.

그리고 한동안 조용하다 싶더니, 이번에는 어린아이처럼 울기 시작했다.

엄마의 술주정과는 많이 다르다고 느끼면서 이치카는 나기사를 계속 바라보았다.

"나 보지 마."

말투와는 다르게 가냘픈 목소리로 명령하는 나기사의 눈에서는 눈물이 하염없이 흐르고 있었다.

"웬만한 건 울고 나면 가라앉아."

펄펄 뛰는가 싶다가도 갑자기 약한 모습을 드러낸다. 마치 나기사 안에 여러 명의 사람이 있는 듯했다.

"내가 무섭니? 역겨워? 너 같은 애는 평생 이해 못 해……."

나기사는 바닥에 앉아 동그랗게 웅크렸다.

"왜…… 왜 나만…… 왜 나만 이런 꼴을 당해야 해. 응? 대체 왜?"

이치카는 오열하는 나기사를 계속 바라보았다. 왜 이렇게 엉망진창이 되어 우는지, 도무지 이해할 수 없었다. 평생 이해할 수 없을지도 모른다. 그러나 적어도 나기사가 어른들의 세계에서 소외된 사람이라는 사실만은 알 수 있었다.

나기사의 행동은 예측할 수 없었다. 30분이나 흐느끼더니, 갑자기 금붕어에게 먹이를 주기 시작했다.

제일 좋아하는 노래인 〈추억〉의 멜로디를 흥얼거리며 금붕어에게 먹이를 주는 나기사의 뒷모습을 이치카는 물끄러미 바라보았다. 금붕어들이 거리의 빛을 받아 희미하게 빛나고 있었다. 자유로이 헤엄치는 금붕어와 나기사의 등을 보고 있자니 눈시울이 조금씩 뜨거워지는 것 같았다.

이치카는 소리 없이 집에서 빠져나와 혼자 근처 공원으로 향했다. 그곳에 철봉이 있다는 건 이미 확인했다.

이치카는 미카의 레슨을 떠올리며 팔다리를 움직였다.

왜 나기사는 그렇게 울었을까?

그리고 왜 엄마도 그렇게 울었을까?

아무리 생각해도 답은 나오지 않았다. 이치카는 계속 나기사와 엄마를 번갈아 생각하며 한계까지 다리를 들어 올렸다.

격한 호르몬 조울증에 시달린 지 일주일도 채 지나지 않아 나기사는 다시 호르몬 주사를 맞으러 병원을 찾았다.

여자로 사는 한 이 짓은 영원히 계속될 거야.

삶의 일부로 받아들여야만 하는데 아직도 익숙해지지 못한 제 모습에 넌덜머리가 났다.

하지만 클리닉 앞에서 미즈키와 딱 마주친 덕에 마음이 조금 풀렸다.

"어머, 나기사. 우연이네."

"웬일이야. 여기서 다 만나고."

미즈키도 똑같이 호르몬 주사를 예약해 둔 것이다. 둘은 진료가 끝난 후 병원 앞에서 만나 차를 마시기로 했다.

"또 들었지? 빨리 수술하라는 말."

클리닉을 나와 카페에 앉자마자 미즈키가 말을 꺼냈다.

"응, 들었어. 요즘 더 적극적이야."

"일본에서 안 할 거잖아?"

"응, 해외 나가려고."

해외는 태국을 뜻했다.

SRS, 즉 성전환 수술 분야가 세계에서 가장 발달한 나라는 태국이다.

수술에서 가장 중요한 포인트는 얼마나 많은 수술을 성공했느냐이다. 일본은 성전환 수술이 가능한 곳이 적을뿐더러, 수술 사례 또한 적었다.

"그런데 어때?"

"어떠냐니, 뭐가?"

"돈 말이야, 돈. 난 틀렸어."

미즈키가 절망한 듯한 표정을 내비쳤다.

미즈키는 2년쯤 전부터 광고 영상을 제작하는 벤처 기업의 사장과 사귀고 있었다. 회사 설립 초기에는 상황이 좋았지만, 대기업 대리점까지 시장에 뛰어들면서 고전을 면치 못하고 있었다.

요즘에는 미즈키가 생활비를 전부 부담하는 바람에 저축할 여유가 전혀 없었다.

"그래서 하는 말인데, 요전에 빌려줬던 돈, 조금만 더 기다려 줘."

미즈키가 두 손을 모으며 간절히 부탁했다.

확실히 최근 들어 미즈키가 돈을 빌려달라고 부탁하는 일이 부쩍 늘었다. 기한 내에는 꼭 돌려주는 데다가, 무엇보다도 미즈키를 믿었기 때문에 부탁을 받을 때마다 돈을 내주었다.

"아무 때나 줘도 괜찮아."

"고마워. 덕분에 살았어."

미즈키는 부끄러운 듯 고개를 숙였다. 그런 미즈키의 모습을 보고 있자니 무심코 "나도 마찬가지야"라는 말이 튀어나왔다.

그 말을 듣자마자 미즈키가 몸을 들이밀며 물었다. "역시 빡빡해?"

"뭐, 옛날에 모아둔 돈도 점점 줄고 있으니."

어쨌든 여유 있게 500만 엔이라는 돈을 모아야만 한다. 무리해서 빚을 냈다가 여자가 된 후에도 고생하고 있다는 사람들의 이야기를 들었다. 그렇게 되기 싫어 저축하고 있긴 했지만 여전히 부족했다. 좀 더 충동적인 성격이었다면 일단 태국으로 날아갔을지도 모른다.

하지만 나기사는 태생적으로 현실이라는 벽을 무시 못 하는 성격이었다. 미즈키도 마찬가지다. 현실을 똑바로 직시하려다 보니 매번 결단과 실현에 시간이 걸렸다.

두 사람의 최종 목표는 법적으로도 여자가 되는 것이었지만, 이런 문제에는 극단적으로 후진국인 일본에서는 결코 쉬운 일이 아니었다.

나기사와 미즈키는 그 점만큼은 필사적으로 알아보았다. 밤 장사를 하는 뉴하프 중에서는 법적인 문제에 무관심한 아이들이 깜짝 놀랄 만큼 많았다.

'성동일성性同一性 장애인의 성별 취급 특례에 관한 법률'
이라는 쓸데없이 긴 이름의 법률이 있다. 줄여서 성전환 장
애자 특례법이라 부르는 법률인데, 말하자면 남자에서 여자
가 되는 데 일본 정부가 내건 몇 가지 조건이다.

이 특례법(애당초 왜 특례여만 하는지 나기사는 이해할 수 없
지만)에 의하면 여자가 되기 위해서는 20세 이상일 것, 미혼
일 것, 미성년자 자녀가 없을 것, 생식선이 없거나 혹은 생식
선의 기능을 영속적으로 결손한 상태일 것, 타 성별의 성기
와 유사한 외관을 갖추고 있어야 할 것, 2인 이상의 의사에
게 성동일성 장애임을 진단받아야 할 것 등의 조건을 갖추
어야만 한다. 법적으로 여자가 되기 위해서는 성전환 수술
이 필수다.

"애초에 장애인이 아닌데 장애인이라니."

이 법률이 화두에 오르면 미즈키는 늘 한숨과 함께 이렇
게 말했다.

그런 이름의 법률에게 여자로서 인정을 받기 위해서라도
나기사와 미즈키는 태국행을 선택해야 했고, 진단을 받기 위
해 호스트 같은 의사하고도 좋은 관계를 유지해야만 했다.

"저기, 모든 게 다 끝나고 여자가 되면 어떡할 거야?"

미즈키가 느닷없이 질문을 던졌다.

오늘의 미즈키는 호르몬 주사의 영향인지 말이 많았다. 전 날과 달리 나기사의 상태 또한 제법 괜찮았다. 둘 다 조증 쪽 으로 부작용이 나타난 듯했다.

"질문을 할 거면 너 먼저 말하고 해."

"난 아이를 갖고 싶어."

"아이?"

"응."

아이는 무슨, 낳지도 못 하면서. 이런 말은 입이 찢어져도 할 수 없다.

미즈키도 알면서 하는 말이다.

우리는 의학의 힘으로 여자가 될 수는 있다. 하지만 엄마 가 될 수는 없다…….

엄마가 되고 싶다는 마음이 가슴 속 깊은 곳에 없다고 하 면 거짓말이다. 그 마음은 아주 오랫동안 그곳에서 계속 숨 을 죽인 채 있었다.

"나기사는?"

"나는…… 바다에 가고 싶어."

"또 그 얘기."

미즈키가 지겹다는 듯 말했다. 미즈키는 엄마가 되고 싶다 고, 아이를 갖고 싶다는 말을 듣고 싶은 것이다. 마음을 공유 하고 싶은 것이다. 결코 이루어질 수 없는 현실을 지금만이라도 잊고 담담하게 함께 꿈꾸며 기대하고픈 것이다.

그 마음은 사무치게 이해하지만, 그럼에도 나기사는 그 말을 입 밖으로 내뱉을 수 없었다. 게다가 '바다에 가고 싶다'는 꿈도 결코 거짓이 아니었다.

"응, 바다. 꼭 푸르러야만 해. 도쿄의 파랑인지 검정인지 모를 바다로는 안 돼. 모래사장도 마찬가지야. 새하얘야 해. 그곳에 가장 좋아하는 사람이랑 가서 태양을 올려다보고 싶어."

"가장 좋아하는 사람이라니, 너 남자친구 없잖아."

미즈키는 재미없다는 듯 독설을 내뱉었다.

"시끄러워."

나기사는 웃으며 받아쳤다.

"생각은 현실이 되는 법이야."

"앗, 그 책이지? 잘 아네?"

미즈키도 베스트셀러가 된 나폴레옹 힐의 책을 읽은 적이 있는지, 반가운 듯 씁쓸한 미소를 지었다.

"회사 다닐 때 선배가 권해줘서 읽었어. 생각만으로 여자의 몸이 될 수 있다면 누가 고생하겠어. 하지만 남자친구쯤은 바라면 꼭 생길 거야."

"넌 너무 물러 터졌어, 나기사. 세상 물정을 너무 몰라."

미즈키는 집게손가락을 흔들었다.

"뭐가? 오늘따라 유독 야박하네."

무심결에 웃음을 터뜨린 나기사에 비해 미즈키는 진지했다.

"요즘은 평범한 여자나 남자도 사람 만나기가 힘든 세상인데, 우리 같은 사람들이 그리 쉽게 찾을 수 있을 리가 없잖아."

그 뒤로도 끝없이 미즈키의 남성론을 들어야만 했다.

미즈키는 아름답고 지적이지만 나기사가 아는 한 연애에는 젬병이었다. 보는 나기사가 질릴 정도로 사랑에 빠져 늘 허우적거렸다.

나기사는 좀 더 현실적이었다.

사회인이었던 시절 사귀던 고스케와 헤어진 다음에도 두 명 정도 애인을 사귀었다.

한 명은 작은 곱창가게를 운영하던 사람이었고, 다른 한 명은 여자에서 남자로 성전환을 한 사람이었다.

곱창가게 남자와는 사랑까지 이어지지는 않았다. 당시 나기사는 밤일을 막 시작한 터라 고독하고 불안했다. 그런 때에 마음이 맞는 손님과 사귀었던 것인데, 남자에겐 그저 놀이임을 알게 된 순간 나기사가 이별을 고했다.

또 다른 연인과의 연애는 슬프고 괴로웠다.

서로의 마음을 잘 아는 만큼 거리도 가까웠다. 언젠가 이 사람과 결혼할 수도 있겠다 싶은 때도 있었지만, 결국 잘 풀리지 않았다. 너무 가까운 거리는 마냥 좋지만은 않았다. 비슷하기에 이해할 수 있는 부분도 많았지만, 비슷한데 왜 몰라주나 싶어 괴로울 때 또한 많았다.

"미즈키, 너는 꼭 행복해질 거야."

나기사는 수술을 할 때까지 애인을 사귀지 않기로 결심했다. 하지만 나이도 있어 체념한 부분도 있었다.

"응, 나기사도……."

미즈키가 눈물을 흘리고 있었다.

카페에서 이어진 대화는 결국 펑펑 울면서 서로를 위로하고 끝났다. 완벽한 호르몬 조울증이었다.

미즈키와 헤어지고 나기사는 비틀거리며 홀로 걷기 시작했다. 머리는 어지러웠고 땀도 났지만 오늘은 나쁜 방향으로 치닫지는 않을 듯했다.

비틀거리는 걸음으로 천천히 걷고 있는데 갑자기 날카로운 여자 목소리가 들려왔다.

"시간 되면 그만 놀고 바로 집에 가겠다고 약속했잖아. 엄마 말 안 들려? 아니, 왜 항상 그렇게 약속을 어기는 거야?"

10미터쯤 앞에서 누가 봐도 엄마다 싶은 단정하고 수수한 복장의 젊은 여자가 눈앞에서 한껏 위축된 아들을 꾸짖고 있었다.

아무래도 엄마가 정한 축구 시간을 넘겨버린 듯했다. 아이의 발밑에는 축구공이 갈 곳을 잃은 듯 나뒹굴고 있었다.

"엄만 이제 몰라. 엄마 말 듣고 있니?"

엄마는 히스테릭하게 소리를 높였지만 아이는 그저 고개를 아래로 숙인 채였다.

"모르겠다, 엄마도. 엄만 갈 거야."

한마디 말도 없는 아들에게 화가 난 엄마는 혼자 성큼성큼 걸어가기 시작했다.

나기사는 땀을 흘리며 남겨진 작은 아이를 가만히 바라보았다.

카페에서 미즈키가 했던 말이 떠올랐다.

'아이를 갖고 싶어.'

덩그러니 남겨진 소년의 눈물을 닦는 놀랄 만큼 작은 손에 마음 한 구석이 아릿했다. 소년의 아픈 모습에 가슴 속 깊이 숨겨두었던 감정이 단번에 솟구치는 것을 느꼈다.

끌어안고 싶었다.

나도 아이를 갖고 싶어.

아까는 차마 말할 수 없었던 마음 속 깊은 곳의 목소리를, 나기사는 마음속으로 미즈키에게 건넸다.

나기사는 천천히 다가가 공을 주운 후, 쭈그리고 앉아 소년에게 내밀었다.

소년은 공을 받지 않은 채 신기한 듯 나기사를 빤히 바라
보았다.

나기사와 소년의 말 없는 교감이 잠시 이어졌다. 갑자기 소
년이 재빨리 공을 채 들더니 엄마를 부르며 뒤를 쫓아갔다.

아버지는 어떤 사람일까?

저 아이, 공부는 잘할까?

축구는 얼마나 잘할까. 장차 축구 국가대표가 될지도 모른
다. 남자와 사랑에 빠질 수도 있고, 여자가 될지도 모른다.

온갖 망상을 하며 나기사는 그 자리에 그대로 서 있었다.
하지만 자신이 소년의 어머니가 되는 망상은 할 수 없었다.
엄마의 모습을 보았기 때문이라고 스스로에게 변명을 했다.
망상 속에서는 뭐든 가능하다는데 거기서도 엄마가 되지 못
하는 서툰 제 모습에 나기사는 쓴웃음을 지었다.

"짱이지? 바보 같긴 하지만."

린이 쿨하게 말했다.

린은 아키하바라라는 거리를 가리키며 말하고 있었다.

설명할 것도 없이, 아키하바라는 일본이 자랑하는 전 세계
오타쿠의 성지다. 이치카는 린에게 이끌려 아키하바라역을
나와 만세이바시 방면으로 걷고 있었다.

골목 곳곳에는 코스프레를 한 호객꾼들이 북적였다. 개중

에서도 메이드 차림이 가장 많았다.

"히로시마에는 이런 곳 없지?"

린이 이치카에게 물었다. 이치카는 고개를 갸웃거리며 메이드를 빤히 보았다. 이치카는 메이드와 유흥업소 호객꾼이 뭐가 다른지 알 수 없었다.

엄마인 사오리가 일하던 고향의 번화가에서는 호스티스가 그대로 밖에서 호객 행위를 하는 일도 비일비재했다.

"저 사람들 호스티스야?"

이치카가 린에게 물었다.

"어? 메이드잖아. 유흥업소랑은 달라."

"그럼 뭐 하는데?"

"가게에서 음료 서빙하고, 손님이랑 대화하고."

"그럼 똑같네."

결국 메이드와 호스티스의 차이를 찾지 못했다.

"애니 같은 거 봐?"

걸으면서 린이 물었다. 이치카는 짧게 대답했다.

"안 봐."

"텔레비전은?"

"안 봐."

"유튜브는?"

"안 봐."

"그럼 뭘 보는데?"

"아무것도 안 봐."

이치카의 대답에 린은 끝내 웃음을 터뜨렸다.

이치카와 린은 이야기를 나누며 큰길을 지나 골목 안쪽에 자리한 상가 건물로 들어섰다.

'아이랜드'라고 적힌 문을 열자 수많은 사람이 좁은 공간에서 웅성거리고 있었다.

모든 남자가 DSLR 카메라를 들고 여자아이들을 촬영하고 있었다.

"짱이지?"

"뭐 하는 거야?"

"촬영회."

이번만큼은 이치카도 굉장하다는 생각이 들었다. 이런 곳은 히로시마에 없었다. 아니, 있을지도 모르지만 적어도 이치카는 본 적이 없었다. 메이드 비슷한 것도 기억에 없다.

방 안은 다섯 개쯤 되는 간이 부스로 나뉘어져 있었다.

각 부스에는 소파와 침대가 놓여 있었고, 한 부스당 한 명의 모델이 포즈를 취하고 있었다. 포즈는 손님이 지정할 때도 있었고 여자가 능숙하게 바꾸는 경우도 있었다. 개중에는 가슴이나 엉덩이를 내미는 등의 대담한 포즈로 관심을 끄는 사람도 있었다.

모델 의상은 다양했으나 대부분이 수영복이었다. 개중에는 제복도 있었고, 수는 적지만 속옷 차림의 모델도 있었다.

"자, 40초 갑니다."

모델들은 저마다 타이머를 갖고 있었으며, 고객 한 명당 40초 동안 모델을 촬영할 수 있는 시스템이었다. 제한 시간 동안 그저 셔터만 누르는 사람도 있는가 하면 오로지 말만 거는 사람도 있었다.

린은 주말을 이용해 이곳에서 가끔 아르바이트를 했다.

고등학생이라고 거짓말을 하고 일했지만, 스태프도 손님도 린이 중학생이라는 사실을 알면서도 굳이 입 밖에 내지 않았다. 말하자면 불법으로 하는 아르바이트였다.

'아이랜드'의 모델 가운데에서도 압도적인 인기를 자랑하는 린은 수영복은 절대 입지 않았다. 사복 차림으로도 충분히 손님이 몰리기 때문이다.

린은 외모뿐 아니라 수려한 말솜씨로도 정평이 자자했다. 머리 회전이 빠르고 어른이 좋아할 만한 소녀의 모습을 즉흥적으로 연기할 수 있었다.

"오늘은 친구를 데려왔어."

린은 자신의 단골들에게 이치카를 소개했다.

"귀엽네. 수영복 있니?"

"뭐라는 거야?"

거친 말투로 대답하며 린은 주먹으로 손님의 팔을 때렸다. 손님은 몹시 기뻐하는 듯했다.

그 후로도 린은 다소 남자 같은 거친 말투로 손님을 대했다. 그것이 콘셉트인지 천성인지, 이치카는 알 수 없었다.

"자, 줄 서요. 줄 서!"

첫 모델인 이치카를 촬영하려고 모여든 남자들을 향해 린이 소리쳤다.

"자, 40초 갑니다!"

린의 도움으로 이치카는 아르바이트를 시작했다.

촬영이 끝나고 하루 아르바이트비를 받았다. 린은 2만 5,000엔, 이치카는 1만 엔이었다.

중학생이 벌기에는 제법 큰 돈을 이곳에서는 아주 짧은 시간에 벌 수 있었다. 처음 벌어본 1만 엔짜리 지폐에 이치카는 저도 모르게 흥분했다.

아직 손님은 남아있었지만 짧은 시간에 일을 끝내고, 둘은 린이 자주 찾는다는 카페로 향했다.

다양한 종류의 파르페가 있었다. 이치카는 파르페가 처음이었다.

한 입 먹자 절로 입이 벌어졌다. 린은 그런 모습을 턱을 괸 채 기쁜 듯 바라보았다.

"이제 할 수 있겠네, 발레."

린이 파르페를 한입 가득 먹으며 말했다.

"응, 그런데 왜야?"

"뭐가?"

"왜 부자가 이런 알바를 해?"

"별 뜻은 없어."

아버지를 '별 상관없는 사람'이라고 내뱉을 때의 말투와 어딘가 비슷했다.

"저 사람들, 기분 안 나빠?"

"어? 뭐 좀 그렇긴 하지만 돈만 주면 무슨 상관이야."

"흐음."

이치카는 순식간에 파르페를 싹 비웠다. 거의 동시에 다 먹은 린이 장난스런 미소를 지었다.

"우리, 하나 더 먹을래?"

"응,"

둘은 각각 세 개, 도합 여섯 개의 파르페를 먹어 치웠다. 그다음 주부터는 아르바이트 후에 둘이서 여섯 개의 파르페를 먹는 것이 하나의 코스처럼 되어버렸다. 다행히 이치카도 린도 아무리 먹어도 살찌지 않는 체질이었다. 파르페를 먹을 수 있다는 생각에 아르바이트하는 날이 기다려졌다.

린의 도움으로 이치카는 나기사 몰래 발레를 계속할 수 있게 되었다. 기술면에서도 점점 능숙해졌고, 그 습득 속도는 미카마저 눈이 휘둥그레질 정도였다.

발레 교실 레슨만으로 부족했던 이치카는 매일 아침 등교 전에 집 복도에서, 낮에는 학교 옥상에서, 그리고 방과 후에는 교실 아니면 공원에서 연습을 했다. 이치카는 대부분의 시간을 발레 연습에 할애했다.

이치카가 나기사의 집에 온 지 두 달이 지났다.

이치카를 맡은 목적이었던 양육비도 2주쯤 전부터 겨우 입금되기 시작했다.

돈을 받을 심산으로 친척 아이를 맡다니, 이런 속물이 다 있나 싶어 스스로를 다그치고는 했지만 역시 목돈이 들어오니 기분은 좋았다. 여자가 되기 위해서라도 아무튼 돈은 필요했다.

나기사의 일은 시간대가 늦어 이치카와 얼굴을 마주칠 일이 거의 없었다. 그럼에도 휴일에는 목욕이나 식사 시간이 자연스레 맞물렸다. 목욕은 당연히 나기사가 먼저였지만 식사는 나기사가 이치카 몫까지 만들 때가 많았다.

이치카는 여전히 거의 말이 없었다. 목소리를 들은 횟수가 손에 꼽을 정도였다. 식사 전후 인사도 않는 이치카에게 내심 부아가 끓어오르다가도 아무렴 어떠냐고 스스로를 달래며 아무 말 없이 식사를 마쳤다. 당연히 이치카는 맛이 있네,

없네 하는 말이 없었지만 접시를 싹싹 비운 것으로 보아 먹을 만은 했던 모양이다.

이치카가 거북했다.

처음 왔을 때부터 지금까지 쭉 그랬다. 상경했을 무렵과는 달리 최근의 이치카는 꽤나 몸 선이 아름다워져 있었다. 아무래도 새로 사귄 친구의 영향인 듯했다. 첫인상은 음침하다고밖에 할 수 없었는데, 자세히 보면 생김새도 생각보다 훨씬 반반했다. 그러고 보니 엄마인 사오리도 친척들이 자랑할 정도로 예뻤다. 이치카는 팔다리도 길어 중1치고는 모델 뺨치는 체형이라, 씻고 나온 이치카를 보고 부러움을 느낀 적도 있었다.

나기사도 아름다운 것은 좋았다. 그럼 이치카도 친척으로서 귀엽게 느껴질 법도 한데, 여전히 거북했다. 뭐가 거북한지 나기사 본인도 잘 몰랐다. 역시 저 너무 올곧은 눈빛일까. 아니면 거의 들어본 적도 없는데 이상하게 귀에 달라붙는 듯한 목소리일까. 나 불쌍해요, 라고 광고하는 듯한 분위기일까.

어쩌면 그저 첫인상에 얽매여 있는 것뿐일지도. 갑자기 친척 아이를 떠맡게 되어 화가 났던 마음 그대로 이치카를 대하고 있는 건지도 모른다.

하긴 지금 이대로는 저 아이를 판단할 만한 요소가 확실히 너무 적기는 하다.

거의 마주치지 않았다고는 해도 저 아이에 대해 아는 것이 너무 없었다.

"학교는 즐겁니?"

어느 날, 이상하게 기특하다는 마음이 든 나기사는 식사 때 이치카에게 말을 건넸다.

이치카는 그저 물끄러미 바라보기만 할 뿐이었다. 이치카는 린의 부모님을 떠올리고 있었다. 학교에 관해 공허한 대화를 반복하던 사람들을. 그런 사실을 나기사가 알 턱이 없었다.

"응……."

대답을 안 하려나 보다 싶어질 때, 이치카가 대답했다. 그러나 더 이상의 대화는 없었다. 이미 기특한 마음 따위는 저 멀리 사라져 버린 후였다. 쓸데없는 짓임을 알면서 더 시도할 기력도 남아있지 않았다.

두 사람의 관계는 시작도 전에 영원히 끝나버린 것처럼 가라앉았다.

그 후로 나기사는 더 이상 대화를 시도하지 않았다. 어차피 이 동거는 곧 끝이 나고, 이치카는 히로시마로 돌아갈 것이다.

나기사는 막연히 그런 생각을 하며 잠에 들었다.

몇 달이 지났다. 처음에는 도쿄에 석 달 정도 있을 거라 들었는데 히로시마에서 연락은 없었다. 그러나 이 상황은 이치카에게 딱 좋았다. 히로시마로 돌아가면 발레를 계속할 수 있을지 없을지도 모른다. 아직은 좀 더 발레를 계속하고 싶었다.

몇 달 사이에 이치카의 발레 실력은 린과 어깨를 견줄 만큼 높아졌다. 길렘 선생님 밑에서 다진 발레의 기반이 단숨에 꽃을 피운 듯했다.

점심시간에 옥상에서 연습하는 이치카를 보고 린은 확실히 그렇게 느꼈다.

팔다리를 뻗는 것도, 회전할 때의 안정감도, 허리 위치도 이전과는 확연히 달랐다.

"이치카, 실력이 늘었네."

이치카는 기쁜 듯 미소를 지었다. 최근 들어 이치카의 표정이 풍부해졌다. 어쩌면 함께 있는 시간이 늘어나면서 그저 이치카의 표정을 읽을 수 있게 된 게 아닌가 싶었지만, 살며시 내비치는 미소를 볼 기회가 부쩍 늘었다.

이치카는 묵묵히 기초 연습을 계속했다. 예전의 린은 남이 연습을 하면 그 곱절은 해야만 직성이 풀렸다. 지금은 왜인지 그런 마음이 들지 않았다.

지금도 이치카와 함께 연습할 생각이 영 들지 않아, 최근 배운 담배에 불을 붙였다.

"콩쿠르, 안 나갈 거야?"

"그냥, 뭐."

이치카는 애매하게 대답했다.

이치카는 최근 들어 발레의 세계에 대해 조금 알게 되었다.

세계 유수의 발레 인구를 자랑하는 일본에는 수많은 발레 교실이 있고, 미카의 교실도 그중 하나였다. 대부분의 교실은 연습 삼아 다니는 아이들로 꾸려져 있었다.

장차 어떤 발레 무용수가 될지는 대개 어린 시절에 결정된다. 다 큰 다음에는 늦다. 때문에 얼마나 빨리 좋은 선생님 밑에서 배우기 시작하고, 얼마나 많은 국내 콩쿠르에서 성과를 내는지가 중요하다.

이 모든 조건을 달성하면, 해외 유학이 약속되어 있다.

발레에 예외는 없다. 차근차근 결과를 낼 수밖에.

"미카 선생님은 이치카를 콩쿠르에 내보내려는 것 같던데."

이미 교실 내에 소문이 자자했다. 발레 교실에 본격적으로 다니기 시작한 지 불과 몇 달 만에 콩쿠르에 출전하는 경우는 흔치 않은 일이었다. 그러나 현재 이치카의 압도적인 실력 앞에 학생들은 모두 납득한 상태였다.

누가 봐도 미카는 이치카에게 푹 빠져 다른 학생들의 몇 배나 되는 연습량을 짜놓고 훈련을 시키고 있었다. 이치카는 점점 더 실력이 늘 것이다. 그러나 편애한다며 뭐라 하는 사람은 없었다. 발레는 실력의 세계다.

"콩쿠르에 나갈 거야?"

린이 다시금 물었지만, 이치카는 대답하지 않았다.

미카의 기대는 이치카도 느끼고 있었다. 그러나 모른 척하며 얼버무릴 수밖에 없었다. 해외 유학을 간다느니, 발레 무용수가 된다느니 하는 먼 미래의 꿈 따위를 이치카는 그릴 수 없었다. 당장 몇 달 후에 발레를 계속할 수 있을지 없을지도 모르는데.

"나갈 거면 나랑 같은 할리퀴네이드Harlequinade 해. 의상도 완전 귀여워."

할리퀴네이드는 초, 중학생에게 인기 있는 공연이었다.

"안 나갈 거야."

이치카는 일단 그렇게 대답했다. 분명, 나갈 수 없을 것이다. 이런 날들이 계속될 리 없다.

"나간다면 말이야."

린은 그렇게 말하며 다가와 이치카에게 팔짱을 꼈다. 여전히 거리가 가깝다. 얼굴을 마주하자 희미한 담배 냄새가 풍겼다.

"춤추자."

그러면서 린은 이치카의 허리를 손으로 감쌌다. 아무래도 왈츠를 출 모양이다.

멜로디를 흥얼거리며 린이 춤을 추기 시작했다. 린은 남자 파트너인 듯, 그럴듯하게 이치카를 리드했다.

"제대로 춰."

그 말에 귀찮아하던 이치카도 맞춰주듯 스텝을 따라 하기 시작했다.

아무도 없는 옥상에서 두 아이는 사뿐사뿐 돌며 스텝을 밟았다.

린이랑 있으면 즐거웠다. 지금까지 친구가 없었기 때문에 비교할 수는 없지만, 린은 남다른 존재로 느껴졌다.

"즐겁지?"

린이 이치카를 리드하며 말했다.

"응."

이치카는 웃으며 끄덕였다.

마지막으로 남자 역인 린이 무릎을 꿇고 공주님을 대하듯 공손한 포즈를 취했다.

무릎을 꿇은 린은 이치카를 올려다보는 듯한 자세로 말했다.

"안 질 거야."

강렬한 눈빛이었다.

"뭐가?"

"나 발레만큼은 지고 싶지 않아."

섬짓한 린의 눈이 이치카를 똑바로 응시했다.

"이치카는 내 최고의 친구이자, 최고의 적이니까."

린은 벌떡 몸을 일으키더니 이치카를 등지고 교실로 돌아갔다.

안 질 거야.

옥상에서 내뱉은 린의 말은 그날 당장 허무하게 사라질 판이었다.

평소처럼 이치카와 함께 발레 교실로 향한 린은 춤추는 이치카를 어금니를 깨물며 바라보았다. 지기 싫다고 한 이유는 적어도 아직은 대등하다고 생각했기 때문이다. 그러나 문득 정신을 차리고 보니 이미 진 상태였다. 발레를 계속했던 린은 알 수 있었다. 그것은 노력으로 메울 수 없는 차이라는 사실을.

이치카의 박력과 미카의 기백에 영향을 받아서일까, 발레 교실에는 평소보다 더 열기가 가득했다.

그 와중에 힘겨운 그랑점프 연습이 시작되었다. 스튜디오의 끝에서 끝까지 계속해서 높이 뛰기만 하는 혹독한 훈련이다.

"뛰어! 뛰어! 더 뛰어!"

미카의 구호와 함께 학생들은 차례로 점프했다.

체력뿐 아니라 기력까지 짜내 한계를 넘어 계속해서 뛰었다. 숨이 차오른 학생들이 줄줄이 쓰러지며 말을 멈췄다.

실력자인 린도 참다못해 주저앉아 다리를 문지르기 시작했다. 몇 달 전에 다친 다리는 기어이 격렬한 움직임을 견디지 못하는 지경에 이르렀다.

탈락한 아이들은 유일하게 남은 이치카와 미카의 레슨을 지켜보았다.

"미카 선생님은 이치카 외에는 안중에도 없네."

린 옆에 있던 아이도 어깨를 들썩거리며 숨을 몰아쉬다가 속삭였다. 울 것 같은 표정이었다.

린도 울음을 터뜨릴 뻔했다.

"이치카! 그럼 안 된다고 했잖아! 더 높이! 될 때까지 계속해!"

이치카도 미카의 호령에 화답하듯 계속해서 뛰어올랐다. 체력은 분명 한계에 달했을 터다. 그러나 이치카는 기력이 다할 때까지 멈출 생각이 없는 듯했다.

땀을 흩뿌리며 끊임없이 뛰어오르는 이치카는 거룩하리만치 아름다웠다.

미카의 눈에는 이제 이치카밖에 보이지 않았다.

숨이 끊어질 지경인 다른 발레리나들은 미카가 꿈꾸는 세계에서 쫓겨난 초식동물과 다름없었다.

"저기, 이치카."

연습이 끝나고 옷을 갈아입던 이치카 곁에 린이 몸을 기대듯 앉았다.

"응?"

"내일 알바, 개별로 하자."

"개별?"

"응."

개별이란 '아이랜드'에서 하는 개별 촬영을 일컫는 말이었다.

독실 스튜디오에서 1:1로 촬영하는 대신 촬영비도 몇 배나 더 들고, 그만큼 아르바이트비도 오르는 시스템이었다.

"콩쿠르 같은 데는 돈이 필요하니까, 알바비 더 받는 게 좋을 것 같아서."

사실은 콩쿠르에 나가고 싶어 하는 이치카의 마음을 린은 알고 있었다.

나가기 싫을 리가 있나.

발레를 하면서 높은 곳을 지향하게 된 무용수가 무대를 원한다는 사실을 린은 잘 알고 있었다. 린의 엄마도 예전에는 그런 무용수였지만 실력도 운도 따라주지 않았다. 그렇기에 딸인 린에게 기대를 걸었던 것이다.

발레의 세계에 한번 들어선 사람은 안다.

더 큰 무대에서 서고 싶다는 생각이 반드시 든다. 더 높이,
보다 더 높이.

그 충동은 마치 그랑점프처럼 멈추지 않는다. 한번 무대에
선 자는 누구나 그런 운명을 짊어진다.

린은 이치카의 등을 밀어주고 싶었다.

요란하게 넘어질 수도 있을 만큼 힘껏.

다음 주말, 이치카는 린의 권유대로 독실 스튜디오에 섰다.

린이 왜 갑자기 개별 촬영을 권했는지는 몰라도, 확실히
돈이 더 필요하긴 했다. 콩쿠르에 나간다면 참가비 외에도
의상 대여비 등 생각보다 많은 돈이 드는 것 같았다. 이치카
의 마음은 콩쿠르에 나가는 쪽으로 이미 기울고 있었다.

"안녕하세요."

평소의 몇 배나 되는 요금을 내고 스튜디오에 들어온 사
람은 사토라는 중년 남성이었다. 오랫동안 이런 촬영회에 드
나든 티가 풀풀 났다.

"그럼 찍을게."

사토는 말없이 비싼 카메라를 들고는 셔터를 누르기 시작
했다.

"귀엽네. 손을 좀 더 들어볼래? 옳지, 그렇게. 다음에 올 땐 선물 사 올게. 갖고 싶은 거 있니?"

"없어."

이치카가 무표정한 얼굴로 대답했다.

처음에는 무서워서 도망치고 싶었는데, 요즘엔 이렇게 손님과 나누는 대화에도 익숙해졌다.

일이다.

돈 벌 생각으로 적당히 맞춰주면 그만이다.

"속옷은 안 해? 옵션으로."

뭐야, 이 사람?

이치카는 격렬한 혐오감을 느꼈다. 살짝 찡그린 표정을 사토의 카메라가 잽싸게 포착했다.

"안 해."

타이머를 봤다.

일반 촬영이 40초인데 비해 개별 촬영은 40분. 이제 시작이다.

"왜?"

이상한 표정을 지으며 사토는 지갑을 열고 지폐를 꺼냈다.

"자, 보너스도 줄게."

이치카가 뒷걸음질하자 사토도 한 발짝 다가왔다.

"그럼 수영복이라도 좋아. 응? 부탁이야. 여기 갖고 온 거

있어."

사토가 수영복을 들어 보였다. 노란색의 자그마한 비키니였다. 이치카가 더 뒷걸음질하자 사토는 더 다가왔다. 이제 뒤쪽에는 공간이 거의 없었고, 궁지에 몰린 이치카는 무심결에 가까이 있던 의자를 들어 사토에게 던졌다.

의자는 사토의 얼굴에 부딪치고는 요란한 소리를 내며 나뒹굴었다.

사토는 놀라 엉덩방아를 찧었지만 수영복을 손에 쥔 채 끈질기게 기어 왔다.

이치카는 숨을 들이마시고는 있는 힘껏 비명을 질렀다.

나기사는 택시를 타고 아키하바라로 향했다.

방금 전 경찰에서 전화가 걸려왔다.

"다케다 겐지 씨 되십니까?"

오랜만에 들은 본명에 반응하지 못한 채 당혹스러워하고 있는데, 이치카에게 문제가 생겼으니 아키하바라의 만세이바시 경찰서로 와달라는 이야기였다.

왜 이치카가 아키하바라에 있는 거지?

왜 경찰서에 있는 거야?

온통 의문투성이었다.

경찰서 앞에 도착한 나기사는 세 명한테 받을 팁인데, 하고 머릿속으로 계산기를 두드리며 택시 기사에게 3,000엔을 건넸다. 그리고 황급히 경찰서로 뛰어 들어갔다.

경찰관의 안내를 받고 들어간 방에는 이치카와 낯선 소녀, 낯선 여자가 있었다.

소녀의 이름은 린이고, 이치카와 같은 학교 학생이라고 했다. 소녀의 부모인 줄 알았던 여자는 발레 교실 원장이며, 자신을 미카라고 소개했다.

"이게 무슨 일이야?"

나기사는 평소보다도 무표정한 이치카를 향해 언성을 높였다.

"너 대체 뭘 하고 다닌 거니?"

"실은……."

상황을 설명하려고 나선 미카를 막아서며 린이 끼어들었다.

"저기…… 제 잘못이에요."

나기사는 다시 린을 바라보았다. 예쁘장하고 똑똑해 보이는 아이라는 느낌이 역으로 나기사의 불안감을 부추겼다.

"이치카는 발레할 돈이 필요해서……."

"발레? 뭐, 뭐라고? 무슨 소리야?"

나기사는 도무지 이 상황이 이해되지 않았다. 추가 설명이 필요했다.

"이치카가 발레 교실에 다니는 걸 모르셨나요?"

미카가 놀란 표정으로 말했다. 정작 놀랄 사람은 따로 있는데.

"네? 뭐요? 발레 교실? 내가 그런 걸 어떻게 알아요?"

너무나도 혼란스러워하는 나기사를 보다 못한 경찰관이 끼어들었다.

"저기 죄송합니다만, 사쿠라다 이치카 학생의 가족이신 가요?"

"그렇습니다만……. 뭐냐고, 얘. 가만히 있지 말고 대답을 해."

"진정하십시오. 실은 이치카 학생이 좀 문제가 되는 아르바이트를 하고 있었던 터라, 경찰 측에서 보호하고 있었습니다."

"문제가 되는 아르바이트요……?"

"사정 청취를 좀 해도 될까요?"

그 후의 일어난 대부분의 일을 나기사는 기억하지 못했다. 너무 모르는 이야기가 많아 머리가 따라가지 못했던 것이다.

게다가 아이들에게서 경찰이 사정 청취를 하던 중, 린의 엄마라는 여자가 찾아와 마구 고함을 질러댄 것도 나기사를 혼란스럽게 하는 데 일조했다.

"내가 아는 변호사만 수십 명이야!"

격분한 린의 엄마는 딸이 위험한 아르바이트를 했다는 사실을 완강히 부인하며, 다 이치카 탓이라고 우겼다.

"린도 속은 거예요. 자기가 나서서 그런 일을 할 리도 없고, 애당초 용돈도 충분히 줬으니 돈이 필요해서 한 짓도 아닐 테고. 듣자 하니 친구라는 애가 돈이 궁해서 도와주려고 그랬다잖아요. 그 애가 린을 꼬드겼겠죠."

"엄마, 아니라니까."

린은 필사적으로 소리를 질렀지만 린의 어머니는 버럭 호통을 쳤다.

"넌 가만히 있어!"

그리고 혼란 상태인 나기사의 머리가 다 지끈거릴 만큼 큰 소리로 고래고래 고함을 질러댔다.

"경찰관님. 이 아이는 착한 애예요. 재능도 있고. 언젠가 해외로 유학을 보낼 거예요. 그러니까 이런 곳에서 경찰 신세를 지면 안 된다고요."

친구라면서 법무부 장관의 이름까지 들먹이는 린의 엄마에게 경찰은 쩔쩔맸다.

"저기, 어머님. 진정하세요. 따님도 반성하고 있는 데다, 미성년자한테 아르바이트를 시킨 가게 쪽에도 문제가 있으니까……."

어째서인지 사정 청취를 해야 하는 경찰이 린의 엄마를

필사적으로 달래는 꼴이 되었다.

나기사가 간신히 경찰서에서 풀려난 것은 세 시간 후의 일이었다.

가게 업주는 아직 사정 청취 중인데, 행여 입건이라도 해야 할 때는 협력해 줬으면 좋겠다는 설명을 들었다.

"일부러 걸음 하시게 해서 죄송합니다. 오늘 일은 제 불찰입니다. 정말 죄송합니다."

밖으로 나오자마자 미카가 나기사와 린의 엄마에게 고개를 숙였다.

"아까도 말씀드렸지만, 린은 해외로 유학 보낼 예정입니다. 사실은 국내 교실에 다니게 할 시간적인 여유는 없었는데 이 애가 하도 사정사정해서……. 그러니까 그렇게 알고 지도해 주셨으면 좋겠네요. 신세 질 날도 얼마 안 남은 듯하니."

강한 어조로 말을 끝낸 린의 엄마는 이치카와 이야기할 틈도 주지 않고 억지로 린을 차에 밀어 넣었다.

"미안해."

창문 너머로 린은 이치카에게 몇 번이나 입을 뻐끔거리며 사과했다.

달려가는 차를 향해 이치카도 몇 번이고 고개를 끄덕였다.

차가 사라지자, 미카는 다시 한번 나기사에게 고개를 숙였다.

"일이 이렇게 되어버려 정말 면목이 없습니다. 당연히 허락하셨을 줄 알고……."

발레 교실 선생인 만큼 스타일은 뛰어났지만 어딘가 사람 좋아 보이는 듯한 분위기를 풍기는 여자였다. 적어도 린의 엄마처럼 말이 안 통하는 일은 없을 듯했다.

나기사는 경계 태세를 조금 풀었다.

"이 아이가 설마 발레 교실에 다닐 줄은 몰랐어요."

"저기…… 이번 일로 화가 많이 나시겠지만, 발레는 계속하게 해주세요."

"하지만 이 아이는 잠시 동안만 도쿄에 머물 예정이라…… 조만간 제 엄마 곁으로 돌아갈 거예요."

이치카는 고개를 숙이고 있었다.

"게다가 까놓고 말해서, 발레는 돈이 많이 들잖아요?"

"돈이 안 든다면 거짓말이겠죠. 하지만 이치카는 굉장한 재능의 소유자예요. 키워주고 싶습니다."

미카는 열심히 고개를 숙였다. 학생 유치를 위해 하는 입에 발린 말은 아닌 듯했다. 그러나 나기사는 고개를 가로저었다.

"하지만…… 발레는 돈이 다잖아요. 아까 그 아이네 집안 같은. 이 애한테는 무리예요."

안타깝지만 현실에는 이룰 수 있는 꿈과 이룰 수 없는 꿈
이 있는 법이다.

"됐어."

이치카가 중얼거렸다. 거의 숨소리 같은 작은 목소리였다.

"응? 뭐라고?

"이제 됐어!"

이번에는 분노가 섞인, 지금까지 들었던 것 중 가장 큰 소
리를 질렀다. 그러고는 성큼성큼 혼자 걸어가기 시작했다.

"기다려!"

머리끝까지 열이 뻗친 나기사는 곧바로 뒤를 쫓았다. 망설
이는 기색을 내비치던 미카도 뒤를 따랐다.

"기다려 봐!"

"그냥 내버려 둬."

개의치 않고 성큼성큼 걸어가는 이치카의 팔을 나기사는
힘껏 붙잡았다. 참는 데도 한계가 있다. 기껏 돌봐주고 있건
만 민폐만 끼쳐대고. 고맙다는 말도, 미안하단 말도 없다.

이치카는 말없이 나기사의 팔을 뿌리치려 했다.

"또 침묵이니?"

비아냥거리는 듯한 나기사의 말에 이치카는 더욱 거세게
저항했다.

발레로 다져진 탓인지 힘이 웬만한 어른 못지않았다. 그러

나 화가 난 나기사는 이치카의 팔을 꽉 잡았다.

"돈이 필요한 건 알겠지만, 다신 그런 짓 하지 마!"

이미 이치카의 팔을 놓아줄 마음은 없었다. 사과할 때까지 놓지 않겠노라 다짐했다. 마치 야생마를 길들이는 작업 같았다. 이치카는 계속해서 반항했지만, 시간이 지나자 힘을 빼고 늘어졌다. 나기사는 그래도 방심하지 않고 손을 놓지 않았다.

"상관없잖아……."

이치카의 눈에서 흐르는 눈물에 나기사는 주춤했다.

이치카가 눈물을 보이리라고는 생각지도 못했다…….

하지만 생각해 보면 이제 열두 살 먹은 소녀다.

"너도 엄마 밑에서 이런저런 일이 있었겠지만, 좀 더 자기 자신을 소중히 여겨야만 해. 그런 아르바이트 하지 마."

"상관없잖아!"

이치카는 울부짖으며 자신의 팔을 물어뜯기 시작했다.

"뭐, 뭐 하는 짓이야! 멈춰!"

"상관없잖아!"

이치카의 이가 피부를 깊이 파고들자 금세 옅은 핏자국이 배어 나왔다.

"멈추라니까!"

"그만해, 제발!"

미카 선생님도 나서서 말렸다.

나기사는 이치카의 팔을 붙잡아 입가에서 억지로 떼어놓고 날뛰지 못하도록 끌어안았다.

이치카는 필사적으로 발버둥 쳤지만 조금씩 얌전해졌다.

"나처럼 되면 안 돼!"

나기사의 눈에서도 눈물이 흐르기 시작했다. 어째서인지 이치카의 고독이 제 것처럼 느껴졌다.

생각해 보면 처음에 불쾌했던 이치카의 눈. 그것은 예전의 내 눈이 아니었던가.

그 누구에게도, 그 무엇도 기대하지 않겠다고 결심한 고독한 아이의 눈.

이치카의 눈을 볼 때마다 내 안의 고독을 상기시키는 것만 같아 기분이 나빴던 것이다.

"나처럼 되면 계속 혼자 살아가야만 해……."

이치카는 아무 말도 하지 않았지만, 나기사는 그래도 자신의 말이 아주 조금은 이치카에게 가닿았음을 느낄 수 있었다. 이치카는 나기사의 품에 몸을 맡긴 채 울고 있었다.

"그러니 강해져야만……."

나기사는 이치카를 다정하게 끌어안았다.

약한 자는 애처롭다.

그렇기에 나기사는 강해지고자 살아왔다.

엄마에게 버림받은 이치카도 강해질 수밖에 없다.

강해질 수밖에…….

경찰서의 호출을 받았던 날은 스위트피에 출근하는 날이었다.

이치카만 집에 돌려보낼까도 생각했지만 아이의 정신 상태를 고려해 나기사는 스위트피에 함께 데려가기로 했다.

"귀여워라!"

이치카를 본 여자들은 입을 모아 칭찬을 아끼지 않았다.

중학생이라고 생각할 수 없는 체형과 일본인답지 않은 이국적인 외모를 부러워했고, 파운데이션이 필요 없는 어린 피부를 만져보고 싶어 했다. 다들 예쁜 것에 약했다.

평소에는 여자에게 밉상스런 소리만 내뱉기 일쑤인 마마까지도 흥분한 상태였다.

"모델 같다. 우리 가게에서 일하지 않으련?"

"미성년자거든요. 완전 애기라고요."

나기사는 반은 본심 섞인 어조로 황급히 막아섰다. 문제 있는 아르바이트 때문에 경찰서에 막 다녀온 참인데 또 법에 저촉되는 일을 시킬 수는 없었다.

"전혀 애처럼 안 보이잖아. 이런 애가 다 있네."

80년대에는 좀처럼 볼 수 없었던 길쭉하게 뻗은 팔다리에 마마는 감탄사만 연발했다.

거리낌 없는 손길과 호들갑스러운 칭찬 세례의 당사자인 이치카는 늘 그렇듯 무표정한 얼굴이었다.

"마마, 미안. 오늘은 좀 혼자 두기 그래서."

"전. 혀. 아무렇지도 않아. 키도 크네."

"저기, 마마. 미즈키, 오늘 출근했지?"

나기사가 주위를 둘러보며 말했다. 미즈키의 모습이 보이지 않았다.

"그게 말야, 또 찾아왔지 뭐야."

"아니, 또?"

"응."

미즈키의 남자친구가 후문으로 찾아와 뭔가 심각한 이야기를 나누는 중이라고 했다.

살짝 상황을 살펴보니, 미즈키는 양복 차림의 사내와 마주서 있었다. 벤처 기업 사장이라는 남자친구다. 처음에 가게에 왔을 때만 해도 잔뜩 위축된 모습이었는데 요즘은 철판을 깔았는지 자못 당당했다.

"그치만 전에는 이제 괜찮다고 했잖아."

"요즘은 금세 이것저것 바뀌는 시대라……."

"계속 이러면 불안하잖아. 게다가 직장에 찾아오면 어떡해."

"당장 내일 필요하단 말이야. 조금이라도 괜찮아."

미즈키의 괴로운 목소리에 비해 남자친구의 목소리는 어딘가 가벼웠다. 나기사가 일부러 낸 기침 소리에 낌새를 챈 미즈키는 억지로 미소를 지었다.

"미즈키, 괜찮아?"

"아, 나기사. 안녕. 저기, 잠깐 나 좀 볼래?"

미즈키는 나기사의 팔을 잡아끌고는 인적 없는 복도 끝으로 데려갔다.

"사실은 부탁이 있는데……."

"돈?"

"미안해, 꼭 갚을게."

"응, 그래."

미즈키가 힘들어하는 표정을 차마 보고 있기 괴로웠다.

나기사가 할 수 있는 일은 고작 멀리서 마치 남의 일처럼 보고 있는 남자를 노려보는 것 정도였다.

"저기, 애인 회사 상황이 어떤데? 이렇게까지 미즈키에게 기대는 거, 좀 이상해."

"어…… 힘든 것 같긴 한데, 큰 문제는 아닌 모양이야. 이번에는 바로 갚겠다고 하기도 했고."

"주제넘은 말일 수도 있는데……. 저 남자, 괜찮은 거야?"

"저 사람은 이런 나를 받아들여 줬어. 솔직한 자기 모습을 다 보여주면서……. 그래서 난 저 사람을 도와주고 싶어."

저 같은 여자에게 자기 모습을 고스란히 내보이는 남자는 좀처럼 만나기 어렵다는 게 미즈키의 지론이었다.

이해는 하지만, 미즈키 너, 요즘 전혀 웃지를 않잖아…….

그 말을 꾹 삼킨 나기사는 마지막으로 한번 더 남자를 노려보고 가게로 돌아갔다.

나쁜 일은 한번 일어나면 연달아 일어난다.

가게 영업 시작 후 찾아온 단골이 문제였다.

하필이면 성가신 손님이 찾아온 것이다.

그 사내는 가구를 취급하는 대기업 영업사원이었는데, 집이 부자라 돈에 부족함이 없었다. 뉴하프 클럽의 대다수 단골과 마찬가지로 그 또한 밤의 세계에서 놀 만큼 놀다가 흘러들어온 손님이었다.

주사가 심하고 마셨다 하면 진상을 부리다가 술기운이 좀 가시면 싹싹 빌고, 또 술이 들어가면 다시 진상을 부리는 패턴을 반복했다. 다른 손님에게도 피해를 주므로 가게 입장에서는 출입금지를 시키고 싶었지만, 어쨌든 사람을 잔뜩 끌고 와 엄청난 양의 술을 주문하는 터라 참아 넘겼다.

그 사람이 객석 가운데에 진을 치고 앉아, 아직 쇼도 시작하지 않았는데 이미 거나하게 취해 고성을 지르며 큰 소리로 웃고 있었다.

"최악이다. 왜 하필 오늘 왔담."

이치카에게 춤추는 모습을 보여주고 싶었다.

"어쩔 수 없지. 우리는 평소대로 열심히 추면 돼."

미즈키의 말에 끄덕였다. 열심히 할 수밖에 없다. 나기사는 미즈키 그리고 다른 멤버들과 함께 고개를 끄덕이고는 음악에 맞춰 무대로 나가 춤을 추기 시작했다. 객석 뒤에서 이치카가 작게 리듬을 타고 있는 모습이 보였다. 마음이 몽글몽글해진 바로 다음 순간, 커다란 소리가 음악을 깔아뭉갤 듯한 기세로 울려 퍼졌다.

"저게 뭐야? 백조인지 닭인지 헷갈리는데!"

단골인 남자였다. 남자는 나기사 일행을 손가락으로 가리키며 낄낄거렸다.

"저 봐라! 닭이 춤을 춘다!"

"선배, 좀 작게 말해요."

남자와 함께 마시던, 부하 직원인 듯한 젊은이 둘은 그를 말리는 데 여념이 없었다.

"시끄러워, 자식아. 내가 더 잘 추겠다."

갑자기 남자가 몸을 일으켰다.

"자, 잠깐만요. 선배!"

어처구니없게도 남자가 비틀거리는 걸음으로 무대에 오르려 하고 있었다.

"나도 좀 추자."

"거기 올라가면 안 돼요!"

두 후배와 옥신각신하던 남자가 무대 계단에서 굴러 떨어졌다.

집중하려 해도 한계였다. 춤 출 마음이 싹 가신 네 명의 안무는 각자 따로 놀았다. 이런 꼴사나운 모습을 뒤에서 이치카가 보고 있다 생각하니 분통이 터졌다.

기껏 이치카에게 보여주려 했는데…….

이윽고 나기사는 안무를 멈췄다. 뒤이어 미즈키와 캔디도 멈춰버렸다. 더는 춤을 출 마음이 들지 않았다.

무대 아래에서는 마마와 매니저가 남자를 안아 일으키고 있었다.

"저기요, 손님. 과음하셨어요."

"술집이잖아! 술 마시는 게 잘못이야?"

"지금은 쇼타임 중이잖아요."

마마는 이렇게까지 진상을 부렸는데도 아직 단골의 기분을 상하게 하지 않으려 조심하고 있었다.

그러나 나기사는 더 참을 수가 없었다.

"저기요! 춤 안 볼 거면 그만 가요!"

무대 위에서 버럭 소리를 질렀다. 이렇게 크게 소리 지른 게 얼마만이더라.

"뭐야……?"

취객은 흐리멍덩한 눈으로 나기사에게 다가갔다. 그러고는 경멸스러운 표정을 지으며 쏘아붙였다.

"남장여자가 뭘 잘난 척 명령질이야!"

우리는 평생 참아야만 하나.

대체 언제쯤에나 우리는…….

오늘은, 오늘만큼은 도저히 용서할 수 없었다.

정신을 차리고 보니 무대에서 내려와 남자를 밀치고 있었다.

"네가 뭔데! 작작 좀 해!"

"해보자는 거냐?"

"사과해!"

나기사가 따지고 들자, 다른 사람들도 일제히 몰려들었다.

"그래, 사과해!"

나기사에게 가세하려는 자, 막으려는 자, 손님과 무용수가 얽히고설켜 난장판이 벌어졌다.

어느 샌가 〈네 마리 백조〉 음악이 끝나고 다음 차례 곡이 흐르기 시작했다. 클래식 곡조의 우아한 곡이었다.

"당신 말야, 차별적인 발언 좀 작작 해!"

"맞아, 맞아!"

"차별이 아니라 구별이거든!"

클래식 멜로디가 배경음악으로 흐르는 가운데 성난 목소

리가 끊임없이 울려 퍼졌다. 으르렁거리며 나기사에게 폭언을 퍼붓던 남자가 갑자기 조용해졌다.

"어라……."

망연한 표정의 남자가 가리키는 대로, 나기사는 무대를 돌아보았다. 너도나도 일제히 무대를 응시했다.

그곳에는 이치카가 춤을 추고 있었다.

아마도 발레겠지. 그 움직임은 우아하고 부드러워 마치 하늘에서 내려온 요정 혹은 천사와도 같았다. 쭉 뻗은 손끝과 발끝마저 아름다웠다. 마치 마법에 걸린 듯 눈을 뗄 수가 없었다. 나기사는 이치카의 긴 팔과 다리가 얼마나 무대에서 특별한 효과를 자아내는지를 깨달았다.

재능이라고밖에 할 수 없었다.

우리가 추던 백조 안무도 그럭저럭 괜찮다고 생각했으나 이치카의 춤은 예술이었다.

무엇보다 나기사의 눈을 홀린 것은 이치카의 미소였다. 처음 본 이치카의 웃는 얼굴은 마치 다른 사람 같았다.

아름다워…….

버럭버럭 소리를 지르던 취객도, 마치 악령이 떨어져 나간 듯한 얼굴로 무대를 바라보고 있었다.

"굉장하군……."

남자가 나직이 중얼거렸다.

너나할 거 없이 이치카의 춤에 시선을 보내는 가운데, 이치카는 진정 즐거운 듯 자유로이 춤을 추었다.

가게 마감 준비와 함께 힘들었던 하루가 겨우 끝나려 하고 있었다.

이치카는 한 발 먼저 가게 밖에 나가 계단에 앉아 밤바람을 쐬고 있었다.

발레를 하고 싶다.

그냥 발레를 하기만 하는 게 아니라 무대에 서고 싶다.

보는 사람들의 마음을 움직이고 싶다.

스위트피의 작은 무대에서 춘 춤은 길렘 선생님 밑에서 췄던 파란 하늘 교실과도, 미카 선생님의 레슨과도 전혀 다른 충만한 느낌이 있었다.

이게 남들이 말하는 행복한 순간일지도 모른다.

이치카는 막연히 그렇게 생각했다. 지금까지 싫은지, 싫지 않은지는 알아도 행복한지 아닌지는 잘 몰랐다. 하지만 이게 그런 감정일지도 모른다. 가슴 언저리가 서서히 따스해지고 입꼬리가 저절로 올라가는 그런 순간.

"먼저 갈게, 이치카. 춤 정말 예쁘더라."

먼저 가는 아키나와 캔디가 웃으며 손을 흔들었다.

"이치카는 꼭 프로가 될 거야."

그렇게 말해준 가게 사람도 있었다.

이치카는 가게 사람들이 좋았다. 모두 다 무척이나 다정했다. 다들 삶이 고되지만, 그럼에도 필사적으로 견뎌낸 사람들이라서 그런 게 아닐까 하는 생각이 어렴풋이 들었다.

"여기 있었구나."

정신을 차리고 보니 바로 옆에 가느다란 다리가 쭉 뻗어 있었다. 고개를 들자 나기사가 있었다.

"안 춥니?"

이치카는 고개를 가로저었다.

나기사는 이치카의 눈앞에 섰다.

계단이 가파른 탓에 앉아 있는 이치카와 눈높이가 딱 맞았다.

나기사는 가방에서 하얀 깃털 장식을 꺼내 이치카의 머리에 씌워주었다.

"음, 어울린다."

나기사가 무대에서 쓰고 있던 백조 깃털 장식이었다.

"줄게."

나기사는 그렇게 말하고는 잽싸게 걸음을 옮겼다.

계단을 내려가자 시끌벅적한 가부키초 뒷골목이 시야에 가득 들어왔다. 나기사는 조금 앞에 멈춰 서서 이치카를 돌아보았다. 등 뒤로 깜빡이는 네온사인의 역광 때문에, 나기사가 마치 무대 위에 서 있는 것처럼 보였다.

"이치카, 뭐 해? 가자."

이치카는 순순히 몸을 일으켜 나기사의 옆에 서서 걷기 시작했다.

둘은 네온사인 한가운데를 나란히 걸어갔다.

나기사는 곁에서 걷고 있는 이치카를 쳐다보았다. 이치카는 아직 깃털 장식을 쓴 채였다. 생각보다도 훨씬 더 잘 어울렸다.

"저기, 춤 출 때 기분이 어때?"

이치카는 잠시 생각하다 대답했다.

"우주에서 둥둥 떠다니는 느낌."

"우주에 가본 적도 없으면서."

나기사가 피식 웃었다.

"그 춤은 다 그 발레 선생님한테 배운 거니?"

"응."

"그럼 교실에서도 둥둥 떠다니는 거네."

"응."

그런 이야기를 나누는 사이 금세 집에 도착했다.

지금까지 거의 말을 섞은 적이 없었다는 게 마치 거짓말인 것처럼, 대화가 끊이지 않았다.

"오늘은 힘든 하루였지? 고생했어."

나기사는 그렇게 말하고는 쓰러지듯 침대에 누웠다.

그래, 긴 하루였어.

이치카도 금세 잠에 빠져들었다.

베갯머리에는 나기사에게 받은 깃털 장식이 놓여 있었다.

이걸 머리에 씌워줬을 때의 감촉을, 이치카는 평생 잊을 수 없을 것만 같았다.

4

이치카와 린 사이는 아무 일도 없었던 듯 원래대로 돌아왔다.

바뀐 점이 있다면 나기사의 승낙 하에 이치카가 정식으로 미카 선생님 밑에서 레슨을 받게 되었다는 것 정도다.

점심시간에도 변함없이 옥상에서 함께 시간을 보냈다.

그러나 더 이상 함께 춤을 추지는 않았다. 춤을 추는 이치카를 린은 담배를 피우며 바라보았다.

이미 비교가 되지 않을 정도로 이치카의 발레 수준은 린을 훨씬 앞질러 있었다.

후, 하고 긴 연기를 뿜어낸 다음 린은 이치카를 바라보며 마음속으로 비교를 시작했다.

이치카는 가난하고, 나는 부자야.

이치카는 예뻐. 하지만 뭐, 나도 예쁘지.

이치카는 발레에 재능이 있지만, 나도 그럭저럭 있어.

둘에게는 여러 차이점과 공통점이 있었다. 그럼, 가족은……?

"저기, 이치카네 엄마는 어떤 분이야?"

쉬고 있는 이치카에게 물어봤다. 이치카는 무뚝뚝하게 대답했다.

"몰라."

이제는 제법 친해졌건만, 이치카는 말문이 막히면 금세 모른다며 대답을 회피했다.

"그거지? 가정폭력."

어떻게든 다른 답을 끌어내고 싶어 대놓고 말을 꺼냈다.

예상대로 이치카는 노려보긴 했지만 화가 난 것 같지는 않았다.

첫날부터 소동을 일으킨 탓도 있어 학교에서 이치카는 구설수에 올라 있었다. 가정폭력을 당했네, 조폭 딸이네, 다리 밑에서 주워 왔네, 아빠가 여장남자네, 소문이 다양했다.

"딱히 말하기 싫으면 대답 안 해도 돼."

"자주 맞았어."

이치카는 냉큼 인정했다.

"하지만 옛날엔 다정했어."

"옛날이라 하면?"

"아주 옛날. 초등학교 3학년 무렵까지. 발레도 처음 배우게 해줬고."

이치카는 사실은 길렘 선생님 전에 아주 잠깐 발레 교실에 다닌 적이 있었다.

"헐, 이치카. 발레 교실에 다녔었구나."

"응, 동네에 있는 작은 교실. 하지만 수업료 낼 돈이 없어서 금방 그만뒀어."

같은 반 아이가 하는 모습을 보고 자기도 하고 싶다며 졸랐다고 했다.

이치카가 뭔가를 졸라댄 적이 드물어, 사오리는 비교적 쉽게 허락했다. 그러나 월 수업료 외에도 돈이 든다는 사실을 안 사오리는 한 달도 안 되어 이치카를 그만두게 했다는 이야기를, 이치카는 몇 개 안 되는 단어로 띄엄띄엄 말했다.

"그다음은 길렘 선생님이라는 분한테서 배웠고?"

"응."

길렘 선생님 이야기는 좀 들었다.

"스위스에서 춤추다 왔다고 했나? 그거 분명 뻥일걸."

"진짜라고 생각해."

"아니, 말이 안 되잖아."

이치카는 길렘 선생님이 한번 사진을 보여준 적이 있다고 했다. 젊고 아름다운 동양인 발레리나가 서양 사람들과 함께 나란히 서 있었다.

"그거야 뭐, 어디서 대충 가져온 사진이겠지."

린의 말에도 이치카는 길렘 선생님의 말을 굳게 믿고 있었다.

"발레는 뭔가, 행복해지는 사람이 없네."

린은 피어오르는 담배연기를 눈으로 쫓으며 멍하니 중얼거렸다.

발레는 가혹하고 엄격한 표현의 장이다. 노력만으로 해결되지 않고 발레리나의 용모와 균형 잡힌 몸매는 물론 엄마와 할머니의 센스까지 투영된다.

압도적인 권위주의에 자본이 필요하고 불평등한, 지금 시대에는 전혀 어울리지 않는 것. 그것이 발레다.

그러나 발레를 계속해 왔고, 계속하고 있다. 그리고 앞으로도 분명 계속하겠지.

한번 추면 누구나 매료되어 몸을 망치면서까지 추구하게 되는 것…….

"이치카 너 말야, 변했다."

린이 불쑥 얼굴을 들이대며 말했다.

"뭐가?"

"말이 늘었어."

"안 늘었어."

"늘었어. 그리고 밝아졌어."

"안 밝아졌어."

"맞아. 그리고 되게 예뻐졌어."

"아니야."

"맞거든. 그리고 발레 실력이 엄청 늘었어."

"아니라고."

"맞다고……."

린은 가까운 거리에서 물끄러미 이치카를 바라보았다.

"저기, 키스해도 돼?"

"응."

둘은 첫 키스를 했다.

서로의 코가 부딪쳐 키득키득 웃었다. 불쑥 턱을 치켜들고 이치카는 똑바로 린을 바라보았다. 각도를 바꾸며 린은 몇 번이고 이치카의 입술에 자신의 입술을 맞대었다.

이치카가, 좋아.

나기사는 이치카라는 소녀에 대해 처음으로 진지하게 생각하고 있었다.

돈 때문에 맡았고, 그저 귀찮은 짐이라고만 여겼기 때문에 진정한 의미로 이치카에 대해 생각하는 건 처음이었다.

이치카를 처음 만났을 때의 일은 기억나지 않는다. 그러나 아주 먼 옛날 딱 한 번 친인척 모임에서 만난 적이 있었다.

"어디 두었더라."

나기사는 방 안을 뒤집어 엎어가며 앨범을 찾았다. 남자였을 때의 사진은 모두 버렸지만 그래도 가족사진만큼은 남겨두었다.

"찾았다, 찾았어."

종이박스에서 꺼내 펼쳐 든 낡은 앨범에 다 같이 찍은 사진이 딱 한 장 있었다.

사오리가 안고 있는 아이가 이치카임에 틀림없다.

귀여운 아기였다.

10대 때는 불량했던 사오리도 이치카를 귀여워하며 착실하게 키우려고 했겠지. 그런데 왜 학대하게 되었을까?

사오리 엄마의 건강이 나빠지면서 육아를 도와줄 수 없게 된 탓도 있으리라고 나기사는 생각했다.

기댈 사람이 없는 상황은 나기사도 마찬가지였다. 반려자도 없는 뉴하프가 곤경에 빠지면 어디에 의지해야 좋을까. 어떻게 인생을 재정립할 수 있을까. 아무 보장도 없다. 가게에 나갈 수 없게 되면 순식간에 현실에 부딪히겠지.

그렇게 자기 인생 살기에도 급급할 때 아이를 키워야만

한다면? 나였으면 절대로 학대하지 않았을 거라 단언할 수 있을까. 실제로 당장 폭력만 휘두르지 않았다 뿐이지 나기사는 이치카를 눈엣가시라 여기고 거추장스러워했다. 왜 성가시게 구는지 생각해 보려고도 하지 않았다. 자기 앞가림만으로도 벅찼기 때문이다.

내가 살고 있는 나라는 사회적 약자에게는 혹독하기로 유명하다. 사오리 같은 한부모가정의 빈곤율은 전 세계에서도 유례없는 수준이라고.

이치카는 아무 잘못도 없다.

어쩌다 사오리의 딸로 태어나 살아 왔을 뿐.

그런데 왜 아이까지 가난을 물려받아야만 해?

"가엾게도……."

웃는 사오리와 이치카의 사진을 들여다보며 나기사는 멍하니 중얼거렸다.

그다음 주, 오픈 전인 가게에 들어서자마자 바로 문제가 터졌다.

"내버려 둬! 마마는 이해 못 해!"

미즈키의 성난 목소리가 입구까지 들려왔다.

가게 성격상 트러블이 잦긴 했지만 미즈키가 큰 소리를 내는 일은 드물었다.

치열하고 이기적이며 자의식이 강한 여자가 많은 가운데 미즈키는 보기 드물게 사리분별을 할 줄 아는 이해심 많은 여자였기 때문이다.

"다시 생각해 봐. 인생은 한번 내리막길에 들어서면 돌이킬 수 없어……."

마마가 미즈키의 어깨를 손으로 감싸며 타이르듯 말을 건넸다. 그러나 미즈키는 그 손을 뿌리쳤다.

"이런 가게에서 아무리 일한들 얼마 벌지도 못하잖아."

"너무하네. 나도 열심히 하고 있거든?"

"안 그래도 평범한 여자보다 돈이 더 드는 몸인데."

"잘 알잖아, 우리는 갈 곳이 없다는 걸."

"잘 있어, 마마."

미즈키는 가방을 집어 들고 빠른 걸음으로 대기실을 빠져나갔다.

심상찮은 상황에 가슴이 쿵쾅거렸다.

"미즈키…… 무슨 일이야?"

"가게를 그만두겠대."

"뭐?"

"저 애도 끝났어."

밤 세계에서 살아가는 사람들에게 끝났다는 말이 지닌 의미는 하나뿐이었다.

몸을 판다는 뜻이다.

"미즈키!"

가만있을 수만은 없어 미즈키를 뒤쫓았다.

가게를 나와 대로변에 가서야 겨우 붙잡을 수 있었다.

"미즈키!"

"하지 마."

"얘기 좀 해, 응?"

"평소처럼 서로 위로해 주자 이거야?"

"아니야. 진지하게 대화 좀 하자."

"할 말 없어."

"설마 또 돈이 필요해?"

미즈키가 입을 다물었다.

"돈이라면 나한테도 조금은 있어."

미즈키가 고개를 숙이고 떨리는 목소리로 말했다.

"이제 나한테 잘해주지 마."

"우리는 친구잖아. 잘해주는 게 뭐가 잘못인데?"

"더는 싫어……. 나기사한테 돈 빌리는 것도, 돈 때문에 고생하는 것도…….."

나기사와 미즈키 같은 여자들에게 돈은 늘 따라붙는 문제였다.

호르몬 주사 등 일상적으로 나가는 돈도 컸고, 최종적으로 여자가 되기 위한 수술을 포함하면 엄청난 돈이 들었다. 다른 지출까지 더해지면 생활은 파국에 이르기 십상이다.

"남자 때문이야?"

미즈키는 대답하지 않았다.

"돈은 해줄 만큼 해준 거 아니었어?"

미즈키의 침묵은 긍정이었다. 미즈키도 알고는 있다. 하지만 끊어낼 수가 없는 것이다.

"부탁이야, 여기서 같이 일하자."

"나기사, 더는 무리야. 난 결심했어."

그렇게 말하고 미즈키는 나기사의 팔을 거칠게 뿌리친 후 뒤도 돌아보지 않은 채 자리를 떴다.

가부키초의 네온사인이 미즈키를 서서히 집어삼켰다.

"미즈키……."

나기사의 목소리는 소음에 묻혀 아무에게도 가닿지 않았다.

미즈키가 가게를 떠나자 나기사는 혼자가 된 것만 같았다.

아키나와 캔디하고도 사이가 결코 나쁘지는 않았지만 미즈키를 대신할 수는 없었다. 가슴 언저리가 욱신거렸다.

나기사는 멍하니 가게를 나서 집으로 향했다. 집에 가는 길에 있는 공원에서 나기사는 발걸음을 멈추었다. 소란스러운 거리 가운데 자리한 작은 어린이 공원의 철봉에서 필사적으로 발레를 연습하는 이치카가 있었다. 나기사의 존재를 알아채지 못한 채 열심히 발레에 몰두하고 있었다.

말을 걸기도 망설여져 그저 가만히 지켜보았다. 이치카의 연습은 좀처럼 끝날 기미가 보이지 않았다. 엄청난 집중력과 체력과 정신력이었다. 나기사는 이치카가 알아채기 전에 살며시 그 자리를 떴다.

그리고 다음 날 나기사는 미카를 찾았다.

미카는 사람 좋은 미소로 나기사를 맞이했다.

"드세요."

미카가 홍차를 내왔다. 나기사는 작게 머리를 숙였다.

"선생님도 발레를 하셨었나요?"

"네, 그렇죠. 가르치고 있으니."

미카가 가볍게 미소 지었다.

"그건 그렇겠네요."

신기하게도 미카와는 대화가 잘 통했다. 세심한 마음 씀씀이와 주변을 둘러싼 포근한 공기가 편안하게 느껴졌다. 그러나 이 성격으로는 험난한 발레의 세계에서 꽤나 고생하지 않았을까, 하고 나기사는 상상했다.

"저는 세 살 때부터 했어요. 자나 깨나 발레, 발레. 푹 빠져 살았죠."

"아, 그런 어린 시절은 부럽네요. 저는 아무것도 없었던

지라."

"하지만 나기사 씨도 운동 같은 건 하셨죠?"

"네, 야구를 했어요. 리틀 야구."

"어머, 의외네요."

"고향이 시골이라 남자는 야구다, 이런 인식이 있었거든
요. 정말 못 견디게 싫었죠. 그 야구팀이 지역 강호라 감독도
완전 스파르타식의 엄격한 사람이었어요. 사실은 나도 발레
를 하고 싶었어요."

"맞다, 일하시는 곳에서 발레 하시죠? 이치카가 그러더라
고요."

"그 아이가 그런 말도 해요?"

이치카가 나기사 이야기를 했다니, 의외였다.

"네, 잘 추신다고."

"아니에요. 제가 하는 건 그냥 흉내예요, 흉내."

"아이고, 이런."

미카가 시계를 보며 소리를 높였다.

"나기사 씨, 죄송하지만 제가 지금부터 아르바이트가 있
어서."

"아르바이트요?"

"바로 근처에 있는 이탈리안 레스토랑에서 아르바이트를
하고 있어요. 지금 시간이면 아직 손님이 적을 테니, 괜찮으

시면 거기에서 얘기 나누지 않으시겠어요?"

발레 교실을 운영하고 있는데 아르바이트까지 하고 있다니 의외였다.

미카의 운영 방식으로는 발레 교실이 돈이 되지 않는 것이겠지. 그럼에도 미카는 발레리나를 키우고 싶은 것이다. 세계적인 발레리나를.

나기사는 미카와 함께 레스토랑으로 장소를 옮겼다. 미카의 말대로 손님은 한 팀밖에 없었다.

미카는 점장에게 양해를 구하고 자리에 앉아 나기사와 이야기를 시작했다.

"아르바이트를 하고 계시다니 의외네요."

"아, 그런가요? 발레 교실만으로는 좀 힘들어서요. 저희는 학생 수도 적고."

미카 하나가 먹고 살기도 빠듯하다니, 발레의 세계도 정말 힘들겠다 싶었다. 돈은 자꾸 나가는데, 벌기는 어렵다.

그런 세계를 이치카는 꿈꾸려 하고 있다.

"이치카는 어떤가요?"

나기사는 본론을 꺼냈다.

"요즘은 목적 비슷한 게 생겼는지, 강한 의지가 느껴져요."

"그런가요. 걱정이에요. 왜냐하면 그 아이, 언젠가 고향으로 돌아가야만 하는데……."

이야기하는 도중 가슴이 아파 왔다.

"그렇다고 하셨죠……. 하지만 그래도 마지막까지 제가 할 수 있는 걸 이치카에게 해주고 싶어요. 발레는 재능이 전부예요. 가지고 태어난 자와 그렇지 않은 자가 갈리는 불평등한 세계거든요. 이치카는 그 재능을 지니고 있어요."

진지한 얼굴로 말하는 미카의 이야기를 듣는 사이, 나기사의 마음도 차분해졌다. 확실히 아직 언제 돌아갈지 결정된 것도 아니다. 앞일을 걱정하기보다 지금 할 수 있는 일을 최대한 해주자, 그렇게 생각했다.

"그럼 부탁드립니다. 당분간 월 수업료는 보내드릴 수 있을 것 같아요. 그 외에 필요한 지출은 없나요?"

"글쎄요. 저희가 어디까지 갈 수 있느냐에 따라 달라지겠지만, 발표회나 발레 콩쿠르에 나가게 되면 출장비와 의상비도 필요해요."

그 금액은 구태여 묻지는 않았으나 대충 짐작은 갔다.

역시 발레는 돈 없는 사람에게는 힘든 세계다. 그러나 나기사는 응원하고 싶었다. 무대에서 그렇게 사람을 매료시키는 이치카를 보았으니까. 공원에서 그렇게 열심히 연습하는 이치카를 보았으니까. 그 꿈을 이뤄주고 싶다는 마음뿐이었다.

"돈은 어떻게든 마련해 볼 테니, 잘 부탁드려요."

말은 그렇게 하면서도 나기사의 마음은 불안하기만 했다.

당초 히로시마의 본가에서 약속했던 이치카의 양육비는 입금되지 않은 지 오래였다. 스위트피의 월급만으로는 발레에 드는 비용까지 도저히 충당할 수 없었다.

낮에도 일할 수밖에.

나기사는 마음을 굳히고 미카에게 깊숙이 고개를 숙였다.

나기사가 발레 교실에 다니는 걸 허락해 준 지 일주일 정도가 지났다.

지금은 모든 것이 즐거웠다.

추면 출수록 몸이 더 잘 움직였고, 몸도 전보다 유연해졌다.

발레에 맞춰 몸의 근육이 점점 만들어지는 거라고 미카 선생님은 말했다.

걱정거리는 린이었다.

린은 발레 교실도 빠지기 일쑤였고, 레슨에 나와서도 이유를 대며 쉬기만 했다.

"저기, 병원에 같이 가줄래?"

교실에 나온 린의 그 말을 들었을 때는 그냥 컨디션이 나빠진 것뿐인가 싶어 살짝 안심했다. 그래서 발레 교실을 쉬었나 보구나. 린이 너무 밝게 웃으며 말하기에 그리 큰일은 아니라고 생각했다.

병원에는 린의 엄마도 와있었지만 이치카에게는 눈길도 주지 않았다. 마치 없는 사람 취급을 해도 이치카는 아무 상관없었다. 진찰실에는 들어갈 수 없다는 말에 이치카는 가만히 복도에서 기다렸다. 기다리는 시간이 길어질수록 불안이 엄습해 왔다.

의사가 진단한 린의 병명은 족저근막 파열이었다. 발레 무용수에게는 가장 가혹한 결과였다. 많은 발레 무용수를 덮치는 이 장애물은 회복한다 해도 오랜 시간이 필요해 결과적으로 무용수의 생명을 앗아간다.

의사는 계속해서 모녀에게 무언가를 설명했으나 린은 그저 물끄러미 엑스레이에 찍힌 자신의 다리뼈를 응시했다.

린의 엄마가 다른 누구보다 자신이 가장 충격을 받았다는 양 오열하기 시작했다.

"선생님, 어떻게 안 될까요?"

"안타깝지만 이전처럼 춤을 추는 건…… 어렵겠습니다."

"이 아이에게서 발레를 빼면 아무것도 안 남아요."

엄마에게 나는 대용품일 뿐이야.

린은 그렇게 생각했다.

"린은 두 살 반부터 발레를 계속해 왔다고요. 이런 일이 생길 줄이야……."

"한동안은 치료에 전념하는 게 좋겠습니다."

애당초 엄마의 눈물이 진짜인지 아닌지도 의심스럽다.

자신의 세계를 만들어 그 세계에서만 살아온 엄마였다.

재능도 없으면서 세계적인 발레리나를 꿈꾸었고, 그 꿈이 부서진 후에는 고스란히 딸에게 떠넘겼으며 지금은 그마저도 날아가 버린 불쌍한 엄마. 더는 떠넘길 사람도 없지? 아니면 지금부터 대타를 준비할 거야?

"엄마, 나 먼저 나갈게."

불쌍한 엄마에게 그 말을 남기고 린은 이치카가 기다리는 복도로 나갔다.

이치카는 평소처럼 무표정하게 허공을 바라보느라 린이 나온지 알아채지 못했다.

린이 "야" 하고 이치카의 어깨를 두드렸다. 고개를 돌린 이치카의 뺨을 린의 집게손가락이 꾹 찔렀다. 린은 손가락을 돌리며 볼을 찔렀다. 린이 자주 하는 장난에 이치카가 쓴웃음을 지었다.

"뭐래?"

웬일로 이치카가 먼저 말을 걸었다.

"응, 틀려먹었나 봐."

일부러 가볍게 말한 린은 제 표정을 보이지 않으려 이치카의 품에 얼굴을 묻었다.

분명 어릴 때는 엄마를 기쁘게 해주고 싶어서 춤을 췄다.

하지만 지금은 그냥 실컷 추고 싶었다.

춤이 좋았는데…….

그렇게 생각하자 갑자기 눈물이 폭포수처럼 쏟아졌다. 눈물은 이치카의 옷을 적시며 큼직한 얼룩을 만들었다.

이치카는 아무 말 없이 자신의 뺨을 린의 뺨에 대었다. 린의 체온이 고스란히 전해졌다.

해줄 말은 아무것도 없었다.

두 소녀에게 서로의 존재 외에 중요한 것은 오직 하나뿐이었다.

5

거울을 보며 나기사는 생각했다.

눈앞에 비친 이 사람은 누구지?

나기사는 옷가게 탈의실 안에 있었다. 제 손으로는 고를 일이 없을 듯한 수수한 취업용 여자 정장을 입은 모습은, 얼굴은 그대로임에도 묘하게 위축돼 보였다. 새빨간 립스틱이라도 바르면 좀 나으려나. 그러나 분명 안 어울리겠지.

정장 전문점답게 나기사의 사이즈도 문제없이 마련할 수 있었다. 그러나 구두만큼은 따로 수선할 필요가 있어 보였다.

정장을 구입했으니, 다음은 이력서용 사진.

증명사진은 꽤 오랫동안 찍은 적이 없었다. 대체 어떤 표정을 지으면 될지를 몰라서 쓸데없는 추가 요금을 물고야 말았다.

불안했다.

신주쿠의 밤거리를 나선 순간, 안절부절 못한 채 불안에 떨며 자신감을 상실해 버렸다.

하지만 해야만 했다.

더는 밤일만으로는 감당할 수 없어.

이치카의 뒷바라지를 하며 발레에 들어갈 돈도 마련하고 거기에 본인의 케어 비용까지 고려하면 어떻게든 낮에도 일을 해야 했다. 태국에 가기 위한 저축을 조금 뒤로 미룬다 해도 한참 모자랐다.

나기사는 용기를 내어 몇 군데 회사에 면접을 보러 가기로 했다.

"저희 회사의 구직 정보는 어디서 접하셨나요?"

면접관인 중년 남성의 질문에 나기사는 인터넷이라고 솔직하게 대답했다.

히로시마에서 남자로 일하던 무렵에는 인쇄 회사에서 영업일을 했었다. 때문에 같은 직종을 인터넷으로 검색하여 지원했다.

요즘 시대에 나기사가 이력서와 성별만으로 확연한 차별을 받을 일은 없었다. 한 세대 전과 비교하면 기업 차원에서 젠더 문제에 적극적인 곳도 많았다.

그러나 그것은 어디까지나 표면적인 이야기였다.

실제로 나기사를 눈앞에 둔 두 면접관은 무의미한 웃음을 멈추지 않았다.

눈이 마주치면 나기사도 미소로 화답했으나 차별하고 있다는 느낌을 주지 않으려고 과도하게 신경을 쓰고 있음이 느껴졌다. 차별적인 폭언을 듣는 것보다는 나을 수도 있겠지만 아직 일반적인 존재로서 인정받지 못하고 있다는 사실에 절망감이 느껴졌다.

"지원 동기를 물어볼 수 있을까요?"

남자 면접관이 질문했다.

"네……. 옛날에 같은 업종에 종사하기도 했고, 안정된 느낌이 들어서요……."

그러자 젊은 여자 면접관이 끼어들었다.

"그 귀걸이, 예쁘네요."

오늘을 위해 산 수수한 귀걸이다. 어울릴 리가 없다. 가게였다면 '댁보다는' 하면서 웃음을 터뜨릴 타이밍이었겠지만, 감사하다고 고분고분하게 대답했다.

이력서를 뚫어지게 보던 남자가 갑자기 고개를 들었다.

"아…… 요즘 유행이죠, LGBT. 힘들겠어요. 저도 강습도 들으면서 공부 중이에요."

유행이라. 그렇게 나온다 이건가.

"과장님."

여자 면접관이 나무라듯 한마디 건넸다.

"아? 제가 뭐 실수했나요?"

과장은 당황한 듯 부하에게 물었으나 나기사는 크게 괘념치 않았다. 이 정도로 상처받아서야 헤쳐 나갈 수도 없을뿐더러, 실제로 아예 모르는 것보다 잘못 알고 있는 부분이 있을지언정 자신들에 대해 알고 있는 편이 나았다.

여기는 일본이다. 아직 유럽처럼 될 수는 없다.

나기사는 그렇게 생각하며 다음 면접으로 향했다.

나기사는 스위트피 일을 계속하며 두 달 동안 구직 활동을 이어 나갔다. 영업뿐 아니라 직종을 넓혀 거의 닥치는 대로 면접을 봤다. 그러나 결국 아무 데도 취직하지 못했다.

어떻게든 하겠다고 미카에게 말은 했지만 현실은 살벌했다. 이렇게 진심을 다해 뭐든지 하려 했는데도 물거품으로 끝나는 걸까. 겨우 찾아내 구입한 심플한 여성용 로퍼도 벌써 뒤꿈치가 닳기 시작했다.

"약속한 돈은? 송금이 안 됐는데."

면접과 면접 사이 시간에 나기사는 엄마인 가즈코에게 전화를 걸었다. 이치카의 콩쿠르가 다가오고 있었다. 서둘러 돈을 마련해야 했다.

그러나 엄마는 미안해하기는커녕 자기도 힘들다며 성을

냈다.

"내가 혼자서 할머니를 간호하고 있다고. 정말이지 짜증이 나서, 원. 장남이라는 놈이 돈을 보내주지는 못할망정."

상황이 불리해지면 다른 문제를 들고 나와 역정을 부리는 것이 엄마의 단골 수법이었다. 게다가 엄마는 그런 행동에 대한 자각도 없었다. 철석같이 본인이 옳다고 믿고 있기에 반론이나 이해를 바라기란 거의 불가능에 가까웠다.

"아, 됐어. 알겠다고."

영원히 이어질 것만 같은 엄마의 말을 잘라먹고 전화를 끊었다.

다음 면접처로 향하며 나기사는 엄마인 가즈코에 대해 생각했다. 벌써 오랫동안 만나지 않았다. 여자로 살고 있다는 사실을 말하지 않아서이기도 하지만 가즈코 앞에 서면 어떤 일에도 자신감 없던 어린 시절로 돌아가 버릴 것만 같아 두려웠다.

아버지는 나기사가 열 살 때 암으로 세상을 떠났다. 이후 가즈코는 여자 혼자 몸으로 나기사를 키웠다. 80년대 엄마답게 리틀 야구단에도 입단시켜 강하고 듬직한 남자로 키우려 했다.

나기사는 초등학교 저학년 무렵, 순정만화의 세계에 강하게 이끌렸다. 같은 학년 여자애들에게서 만화를 빌려다가 집에서 정신없이 읽었는데, 어느 날 집에 돌아와 보니 모두 사라지고 없었다. 가즈코가 버린 것이다.

"친구 책이었다고!"

나기사는 울며 항의했지만 가즈코는 끄떡도 하지 않았다.

"그런 만화는 여자애들이나 읽는 거야."

가즈코는 친한 엄마들을 통해 어떤 소년만화가 유행하는지를 알아낸 다음, 그 만화들을 사 가지고 왔다.

"자, 사왔다."

가즈코가 고른 만화는 야구나 복싱을 소재로 한 땀내 나는 이야기뿐이었다.

엄마 앞에서 대충 읽긴 했지만 하나도 재미있지 않았다.

그때 느꼈던, 이 사람은 분명 평생 나를 이해해 주지 못할 거라는 절망감을 또렷하게 기억한다. 이해를 바라며 발버둥 하면 할수록 상처를 받겠지.

잘 이야기해 보면 알아줄 거다, 엄마니까 결국에는 이해해 줄 거다 하며 그럴듯한 충고를 해주는 사람도 있었지만, 신경 좀 꺼줬으면 하는 게 솔직한 심정이었다. 생판 남보다 내가 더 엄마를 잘 안다.

그 후로 나기사는 가즈코 앞에서는 의식적으로 남자다운 모습을 보이려 했다. 그 습관은 어른이 된 지금도 이어지고 있었다.

스위트피에 출근하기 전, 발레 교실에 들린 나기사는 미카에게 깊숙이 고개를 숙였다.

"저어, 콩쿠르 참가비와 의상비 말인데요. 조금 더 기다려 주실 수 있을까요?"

이렇게 빨리 미카에게 백기를 들게 될 줄은 몰랐다. 취업 활동에도 돈이 필요해 생활비가 늘어만 갔다. 본가에서 보내주기로 한 이치카의 양육비가 끊긴 지금 상태에서, 도저히 목돈을 마련할 방법이 떠오르지 않았다.

"아…… 괜찮아요. 정 어려우시면 이번에는 제가……."

"꼭 내겠습니다."

호의로 해주는 말임은 알고 있었지만 어쩐지 동정을 받는 느낌이라 거부감이 들었다. 그럴 때가 아니었지만 가급적 자기 돈으로 이치카에게 발레를 계속 시켜주고 싶었다.

"이런 상황에서 말씀드리기가 좀 그렇지만, 콩쿠르는 많이 나가지 않으면 의미가 없어요. 그러면 참가비라든가 의상비가 계속 부담이 될 거예요."

"그런가요……. 하긴 그렇겠네요."

무의식중에 푹 한숨을 내쉬었다. 미카는 격려하듯 방긋 웃었다.

"어머니, 계속해 보자구요. 힘들겠지만 함께 잘 극복해 봐요!"

나기사는 저도 모르게 웃고 말았다.

"왜 그러세요?"

"아니, 지금, 어머니라고……."

"어머, 아이고……. 죄송해요."

발레 교실 문을 닫자마자 나기사는 조금 전 미카의 말을 떠올리며 웃음을 터뜨렸다.

학생의 보호자를 어머니라고 부르는 게 입에 붙은 거겠지.

하지만 처음 그런 말을 들은 나기사는 괜스레 간질간질한 기분이 들었다.

엄마……인가.

생각해 봐야 별수 없는,

영원히 될 수 없는,

그럼에도 바라게 되는.

역시 아이가 있었으면 좋겠다. 여자가 되는 것만으로는 부족하다. 사실은 줄곧 엄마가 되고 싶었다.

지금이야말로 미즈키와 진지하게 대화를 나누고 싶었다. 하지만 가게를 그만두고 나간 미즈키는 연락이 묘연한 상태였다.

"발레는 어때?"

부엌에서 요리를 하며 이치카에게 물었다.

이치카는 새로운 잠자리를 정리하고 있었다. 요를 깔고 자던 부엌 생활을 청산하고 옷장 속으로 이사한 것이다. 이치카의 공간이 된 옷장은 나기사의 책장에 있던 만화책들도 수납되어 매력적인 비밀기지 같았다.

"듣고 있니?"

"응."

이부자리에 드러누워 만화를 읽으며 이치카는 누가 들어도 영혼 없는 대답을 날렸다.

옛날 엄마가 못 읽게 했던 순정만화를 어른이 된 후 몇 권인가 사 모았는데, 개중에서도 발레를 소재로 한 만화를 이치카는 마음에 들어 하는 듯했다.

이치카가 미카 밑에서 발레를 배우기 시작한 지 반년이 지났다. 처음에는 석 달 정도라고 들었던 이치카와의 생활도 생각보다 길어져 한동안 더 이어질 것만 같은 분위기였다.

요즘은 둘의 사이도 많이 나아졌다.

가장 큰 변화는 이치카가 나기사 앞에서 조금 편안한 모습을 보이게 되었다는 것이다. 살짝 얕보이는 느낌도 들었으나 적대감, 혹은 무채색 벽을 대하는 듯한 무관심보다는 훨씬 나았다.

"'응', 한마디만 가지고 어떻게 아니?"

"재미있어."

'응' 외의 단어로 답하게 된 것도 꽤 큰 발전이었다.

나기사는 만들던 음식의 간을 보았다.

요즘은 돈 문제도 있어 밖에서 술도 안 마시고 집밥에 신경을 썼다. 그 결과 이치카와 마주할 기회도 자연스레 많아졌다.

"배고프지?"

"응."

나기사는 돼지고기 생강구이가 수북하게 쌓인 접시 두 개를 나란히 놓았다. 여기에 밥과 된장국과 샐러드를 곁들이면 어디 내놔도 빠지지 않는 훌륭한 저녁 식사가 된다.

둘은 서로 마주 보고 앉았다.

"잘 먹겠습니다."

나기사는 손을 마주하고 아무 말 없이 젓가락을 드는 이치카에게 식사 인사를 재촉했다.

"잘 먹겠습니다, 해야지."

"잘 먹겠습니다……."

이치카도 마지못해 두 손을 모았다. 요즘 들어서는 계속 강요하면 겨우 따라하는 정도가 되었다. 전에는 감사할 줄 모르는 무례한 아이라고 생각했는데, 이치카는 지금까지 살면서 누군가와 함께 밥을 먹은 적이 거의 없었던 것은 아닐까 하는 생각이 들었다. 잘 먹겠다는 인사를 할 필요를 느끼지 못한 채 자라 온 것이다.

"어때, 맛있니?"

"응. 이거 뭐야?"

"허니 진저 소테."

나기사는 가슴을 펴며 말했다. 직접 개발한 특별 레시피였다.

"꿀 넣은 돼지 생강구이구나."

"허니 진저 소테라고 했잖아."

나기사는 웃으며 자기 접시의 샐러드를 이치카의 접시에 푹푹 덜어주었다.

"자, 채소도 먹어."

"안 좋아해."

"채소도 먹어야 돼."

마지못해 입에 넣은 이치카가 얼굴을 찌푸렸다.

요즘은 이런 평범한 대화가 몹시 즐거웠다. 언제부터인지 나기사의 말투처럼 이치카의 고향 사투리도 사라지고 없었다. 린과 가깝게 지내며 영향을 받았을지도 모른다.

"나중에 빨래할 거 꺼내놔."

"응."

식사를 끝마친 후 두 사람은 공원으로 향했다. 그곳은 이치카가 늘 연습하던 곳이었다. 나기사는 가까운 벤치에 앉아 물끄러미 이치카를 바라보았다.

처음에는 방해하면 안 된다는 생각에 몰래 훔쳐보곤 했는데, 관객이 있어도 이치카의 집중력에는 변함이 없다는 사실을 알고 난 후로는 당당하게 함께 공원에 가게 되었다.

눈앞에서 이치카가 철봉을 붙잡고 연습을 시작했다.

"다리가 잘도 거기까지 올라가네."

나기사의 물음에 이치카는 대답하지 않았다. 집중하면 아무것도 못 듣는다.

"그거 무슨 춤이니?"

이치카가 물을 마시는 타이밍에 질문을 던졌다.

"나도 가게에서 춰볼까? 가르쳐 줘."

"어……?"

"뭐 어때. 가르쳐 줘."

억지로 부탁하자 이치카는 어어어 하면서도 자기 옆 공간을 조금 비워주었다. 나기사는 후다닥 이치카 옆에 섰다.

"그럼…… 빨리에."

허리를 내리고 무릎을 구부려 마름모꼴 모양을 만들었다. 나기사는 이치카를 따라 하며 일부러 소리 내어 말했다.

"자, 뿌리에……."

너무나도 어이없는 말에 웃음보가 터졌는지 이치카가 소리 내어 웃었다. 이치카가 저리 크게 웃는 건 보기 드문 일이라 나기사는 기뻤다.

"빨리에."

"그래, 그래. 빨리에."

그 후로 이치카의 기초 레슨은 30분이나 이어졌다. 이치카는 꼼꼼하게 가르쳤다. 평소에는 쓰지 않는 근육을 혹사당한 몸은 삐걱거리며 비명을 지르기 시작했지만 나기사는 아직 이 밤을 끝내고 싶지 않았다.

"그럼 다음은 춤을 가르쳐 줘. 〈백조의 호수〉가 좋겠어."

"어? 이제 그만 가자."

"늘 〈네 마리 백조〉만 췄어. 그거 작은 백조잖아? 크고 우아한 백조도 춰보고 싶어."

우아한 백조는 오데트의 바리에이션을 뜻했다.

"할 수 없지."

이치카는 춤을 추기 시작했다. 나기사는 그저 흉내만 낼 뿐이었지만 그럼에도 매일 쇼에서 춤을 춘 덕에 점점 꼴을 갖춰 나가기 시작했다. 게다가 계속해서 추는 사이에 마치 듀엣처럼 움직임도 같아지기 시작했다. 맞아떨어지는 호흡이 느껴졌다.

그 순간, 이치카와 일체감 비슷한 느낌을 강하게 받았다.

한바탕 춤을 춘 두 사람이 숨을 들썩이며 발을 멈추자 어디선가 박수 소리가 들려왔다.

언제부터 보고 있었는지 살짝 취기가 오른 노인이 다가왔다.

노인의 옷차림은 꽤 말쑥했으나, 그래도 나기사는 이치카를 자기 쪽으로 가까이 끌어당기며 경계했다.

"오데트인가요……."

노인은 꽤 발레를 잘 아는 듯했다.

"춤을 정말 잘 추시는군요, 공주님들."

노인의 말에 두 사람은 저도 모르게 서로 마주 보고 웃었다.

"그러나 아침이 오면 백조로 돌아가고 말지요. 정말 슬프게도."

노인은 집사처럼 가슴에 손을 댄 채 우아하게 인사를 하고는 비틀거리며 떠나갔다.

맞아. 〈백조의 호수〉는 비극이야.

나기사의 귀에 노인의 말이 암시처럼 울려 퍼졌다.

당장은 아닐 수도 있다. 하지만 백조로 돌아가야만 하는 때가 분명히 온다.

"저기, 다른 춤도 가르쳐 줘."

나기사는 끈질기게 졸라댔다. 그러나 역시나 거절당했다.

"이제 그만."

빠른 걸음으로 공원을 나서는 이치카를 뒤쫓았다.

"아이 참, 기다려."

따라잡은 나기사가 이치카와 나란히 걷는데 이치카가 손을 잡았다. 따뜻하고 작은 손. 이 감촉을 잊을 수 없을 거라고 나기사는 생각했다.

그날 밤은 잠에 들지 못했다. 이치카와 손을 잡은 순간 한꺼번에 밀려들어 온 행복한 느낌이 떠올라 견딜 수가 없었다. 돈, 발레, 언젠가 돌아가 버릴 이치카, 취직 활동, 성전환 수술 등 온갖 생각이 머릿속을 복잡하게 했다.

생각해 봐야 소용없는 일뿐이지만, 딱 하나 깨달은 사실이 있었다.

지금 가장 소중한 사람은 이치카라는 사실.

이치카가 지닌 발레의 재능을 활짝 꽃피워 주고 싶었다.

6

완전히 달라진 미즈키의 모습에 나기사는 경악했다.

정확하게 말하자면 겉모습이 아니라 눈이 달라졌다.

이전에 미즈키가 지니고 있던 밝음과 지성이 완전히 사라지고 없었다. 아무것도 비치지 않는 유리구슬 같은 눈.

미즈키는 요코 마마의 예상대로 환락가로 흘러 들어갔다. 나기사는 지인들을 통해 겨우 미즈키를 찾아냈다. 그리고 자기에게도 가게를 소개시켜 달라고 부탁했다.

"마마가 한 말이 맞아. 인생은 한번 내리막길에 들어서면 멈출 수가 없어. 괜찮아?"

미즈키는 공허한 눈으로 나기사를 물끄러미 바라보며 말했다. 나기사는 주저하다가 고개를 끄덕였다. 고민에 고민을 거듭한 끝에 이 방법밖에는 없다고 각오를 굳혔음에도 어쩔 수 없이 망설여졌다.

미즈키가 소개해 준 가게는 이케부쿠로에 있었다.

신주쿠라는 거리에 완전히 스며든 나기사에게 이케부쿠로는 살짝 발을 디디기만 했는데도 위화감이 느껴졌다. 같은 번화가여도 냄새와 공기부터가 달랐다. 숨이 잘 쉬어지지 않았다.

가게는 변두리 상가 빌딩에 위치하고 있었다. 오래된 빌딩 안에는 각종 수상한 가게와 회사가 들어서 있었다. 소개받은 업소는 뿔뿔이 흩어진 열 곳 정도 되는 공간에서 영업을 하고 있었다.

"안녕하세요."

대기실에서 미즈키와 함께 면접을 기다리고 있는 도중, 뉴하프 업소 아가씨들이 차례차례 출근했다.

대부분 나기사보다 훨씬 젊은 친구들이었다. 최근 이런 가게가 급속히 불어나면서 지방에서 살기 힘들고 돈을 필요로 하는 젊은 트렌스젠더들을 흡수하고 있었다.

반면 이 가게에 있는 비교적 높은 연령층의 뉴하프는 중년기에 접어들어 쇼 클럽 같은 곳에서 일할 수 없게 된 사람들이었다. 써주는 가게도 없는 그녀들은 이런 뉴하프 업소에서 일을 하거나, 거리에서 몸을 팔거나, 공장에서 일할 수밖에 없었다.

뉴하프를 둘러싼 작금의 상황을 나기사는 이곳에 와 미즈키의 설명을 듣기 전까지 잘 모르고 있었다.

"정말이지 지옥이야."

미즈키가 힘없이 웃었다.

"한번 더 묻는데, 정말 괜찮겠어?"

"응……. 나도 더 이상 방법이 없는걸."

낮에 일할 곳도 정해질 기미가 없었다. 나기사는 궁지에 몰려 있었다.

"나는 그 아이의 가능성을…… 지켜주고 싶어."

큰 각오를 다지고 온 것은 아니었다. 여기서 일하는 수많은 사람처럼 갈피를 잡지 못한 채 흘러들어 왔을 뿐이다.

"우리가 일할 곳은 아무 데도 없어."

미즈키가 중얼거리듯 말했다.

스위트피에서는 그렇게나 밝았던, 언젠가 정치인이 되는 게 아니냐는 말을 들었던 미즈키의 모습은 사라지고 없었다. 이렇게 미즈키를 바꿔버린 이곳이 무서웠다. 그럼에도 나기사가 달리 갈 곳은 없었다.

방과 후, 이치카는 홀로 터벅터벅 걸었다. 족저근막 파열이라는 진단을 받은 린은 발레 교실을 그만두었다. 적어도 학교에서는 볼 수 있을 줄 알았지만, 린은 학교에도 좀처럼 나오지 않았다.

린하고만 어울렸던 이치카는 린이 사라지자마자 외톨이가 되었다. 하지만 린 외에는 함께 있고 싶은 아이가 없었다.

번화가 바깥쪽에 자리한 편의점 앞에서 이치카는 발걸음을 멈췄다. 편의점 주차장에 린이 있었다. 린 주변에는 이치카가 본 적 없는 아이들이 있었다. 이치카보다 나이가 많아 보였다. 눈앞에 세워진 차에서는 댄스 음악이 흘러나오고 있었다.

한 남자가 빤히 바라보는 이치카를 알아챘다.

"저기, 쟤 계속 우리 쪽을 보는데 누구 아는 사람 있어?"

남자의 말에 일제히 시선이 이치카에게 쏠렸다. 린과 겨우 눈이 마주쳤다.

"린이랑 같은 학교 아니야?"

"모르는 애야. 가자."

린은 이치카에게서 재빨리 시선을 거두고 차에 후다닥 올라탔다. 남자들도 곧바로 차에 오르더니, 순식간에 이치카의 눈앞에서 사라졌다. 이치카의 시선은 계속 린에게 머물렀으나 린은 한 번 눈을 마주친 후로는 다시는 이치카를 보려고 하지 않았다.

온통 린만 생각하느라 그 후의 레슨은 전혀 귀에 들어오지 않았다.

"오른발 뒤 5번부터 글리싸드 아쌍블레, 앙트르샤 까트르 2회, 반대도 똑같이 3세트 째에는 앙트르샤 까트르, 로얄, 앙트르샤 트로와, 파 드 부레, 샤쎄 아쌍블레."

미카의 지시가 날아들었지만 이치카의 귀에는 전혀 들어오지 않았다. 무엇보다도 지시에 따라갈 기력이 나지 않았다.

"자, 그럼 그 음악으로 네 명씩. 첫 번째 그룹, 바로 포지션에."

미카의 지시에 학생들은 그룹을 짜 춤을 추기 시작했으나 이치카는 도저히 집중하지 못했다.

"더 바닥을 밀면서 빨리에. 2번 발이 늦는다! 아래 발로 캐치! 5번, 발."

안무 순서를 전혀 외우지 못한 채 한 템포 늦게 좌우 반대로 움직인 이치카는 같은 그룹의 아이들과 세게 부딪치고 말았다.

"미안."

상대방의 사과에 이치카는 제 잘못이라며 고개를 저었다. 똑바로 집중하지 않으면 다른 사람을 다치게 할 수도 있고, 나도 다칠 수 있다. 스스로 몇 번이고 되뇌었지만 저를 보고 완고하게 눈을 돌리던 린의 모습이 뇌리에서 떠나지 않았다.

"자, 거기까지. 물 마셔."

아이들이 일제히 수분 보충에 나섰다.

"둘 다 괜찮아?"

부딪힌 아이와 이치카는 미카의 말에 고개를 끄덕였다.

미카는 안심한 듯 표정을 풀었다가 다시 엄격한 표정을 한 채 스튜디오 구석으로 이치카를 불러냈다.

"왜 그래, 이치카? 완전 엉망이잖아. 이제 콩쿠르가 코앞이야, 알아? 이래서는 나기사 씨의 응원이 헛수고가 되어버려."

이치카는 잠자코 땀을 닦았다. 완전 엉망이라는 건 알고 있었다. 이대로는 나기사를 실망시킬지 모른다는 사실도.

"왜 그래? 무슨 일 있었니? 발레는 만만하지 않아. 정신적으로 부담되는 게 있다면 말해봐."

"린은…… 이제 안 오나요?"

"그래……. 안타깝지만."

린의 이름에 미카의 표정이 흉하게 일그러졌다. 린이 발레를 그만둔 후 불량한 아이들과 어울려 다닌다는 소문이 학생들 사이에서 자자했다.

"지금은 네 일에만 집중하렴."

이치카는 작게 끄덕였지만 그 순간에도 린의 얼굴은 이치카의 뇌리를 떠나지 않았다.

나기사에게 주어진 공간은 누가 봐도 업소 분위기를 풍기는 단출한 방이었다.

8평 정도 되는 공간에는 침대와 작은 선반밖에 없었다. 선반에는 유흥에 사용할 로션과 콘돔이 마련되어 있었다.

가운을 입은 나기사는 심히 긴장하고 있었다. 후들거리는 다리가 멈추지 않았다.

각오는 되어 있다. 아니, 각오 없인 못 할 일이다. 그렇게 스스로에게 암시를 걸어도 몸은 극도의 스트레스를 계속 호소했다.

이윽고 문이 열리고 매니저의 안내를 받으며 한 남자가 들어왔다.

"한 시간 코스이시죠? 옵션을 이용하실 때는 저쪽에 있는 전화로 9번을 눌러주세요."

손님은 30대의 지극히 평범한 청년이었다. 중년 남성이 들어오겠거니 생각했던 나기사는 예상과는 다른 타입에 조금 놀랐다. 멋대로 뉴하프 쇼의 손님 층과 비슷하겠거니 생각했다.

가운으로 갈아입은 남자는 좁은 방안을 한번 훑어보고는 나기사의 옆에 앉았다.

"어서…… 오세요."

나기사는 자꾸 꼬이는 혀로 겨우겨우 인사를 건넸다.

"저기, 신입이라고 들었습니다만."

"네……."

"오, 운이 정말 좋네요."

남자는 이런 가게에 자주 드나드는 듯했다.

"어디 출신이세요?"

"히로시마요……."

"겉보기에는 그리 젊어 보이지는 않네요. 이 나이부터 업소라니, 힘들지 않으세요?"

"네……. 긴장했어요."

"역시 그거 때문인가요, 수술비?"

일하는 뉴하프를 보면 왜 모두 수술비를 벌기 위해서라고 생각하는 걸까?

"손님은 무슨 일을 하시나요?"

스위트피에서 했던 접객을 떠올리며 나기사가 질문을 했다. 아주 조금이나마 주의를 환기할 수 있었다는 사실에 마음이 편해졌다.

"아, 저요? 배관공이에요. 집수리 같은 거."

"아, 그러시군요. 힘드시겠어요."

"뭐, 익숙해지는 거죠."

그렇게 말하며 남자는 재빨리 가운을 벗고 나기사에게 몸을 밀착했다.

"하, 그런데 정말 운이 좋네요."

남자는 억지로 키스를 하려 했다.

나기사는 저도 모르게 확 고개를 돌렸다.

다리의 떨림이 심해졌다. 더는 한계였다.

남자는 떨고 있는 나기사의 모습에 더 흥분했는지 하반신에 손을 거침없이 뻗었다.

"달려 있어요?"

"네······?"

"안 뗐죠? 아래."

"아니······ 그게······."

그건 가게에 들어올 때 확인했다. 수술을 받은 후면 상품으로서의 가치는 거의 없다고 했다.

"으아, 엄청 흥분되네. 못 참겠다."

남자가 덮쳐 왔다.

"저기······ 죄송합니다."

"응? 뭐가?"

"저는 역시 못 하겠어요."

"그런 태도, 좋네. 꼴려."

"죄송해요!"

남자의 몸을 발로 차듯 밀어낸 나기사는 구르듯이 방에서 뛰쳐나왔다.

"잠깐만!"

남자가 복도까지 쫓아 나왔다. 남자의 지극히 평범한 외모가 지금은 무서워 견딜 수가 없었다. 금방 따라온 알몸의 남자는 나기사의 팔을 붙잡고 방으로 끌고 들어가려 했다.

"죄송해요, 봐주세요."

"내가 뭐 나쁜 짓이라도 하는 것 같잖아! 돈 냈단 말야!"

몇 번이나 사과를 하며 도망치려 했지만 흥분한 남자는 나기사를 뒤에서부터 붙잡아 끌었다.

소란스런 소리를 들은 매니저가 말리러 끼어들었지만 남자는 그를 밀쳐버렸다.

"손님, 경찰 부를 거예요!"

"시끄러워. 네까짓 게 뭔데 날 무시해?"

남자의 표정이 예사롭지 않았다. 나기사는 착란 상태에 빠져 몸을 웅크리고는 죄송하다는 말만 연발했다.

"너 같은 건 개조 인간이잖아!"

남자가 일그러진 얼굴로 침을 튀기며 고함을 질렀다.

다음 순간, 두개골과 금속이 부딪치는 둔탁한 소리가 울리더니 천천히 남자가 쓰러졌다.

"미즈키……?"

남자의 뒤에는 대걸레를 손에 든 미즈키가 서 있었다. 미즈키의 얼굴을 보자마자 나기사의 눈에서 왈칵 눈물이 쏟아졌다.

"사람…… 우습게 보지 말란 말이야."

미즈키가 울부짖었다. 눈에는 여전히 색채가 없었지만, 번들거리며 빛나고 있었다.

미즈키의 이런 표정은 본 적이 없었다. 착하고 지적이고 귀여운 여자였다.

남자는 뒤통수에서 피를 흘리며 쓰러져 있었다.

나기사는 겨우 미즈키가 남자의 뒤통수를 대걸레로 내리쳤다는 사실을 인지했다.

"미즈키!"

다시 덤벼들려는 미즈키를 나기사는 필사적으로 끌어안으며 말렸다.

"다 알아! 미즈키! 내가 다 알아!"

"넌 뭔데! 그렇게 잘났어? 사람이야…… 평범한 사람이란 말이야! 왜 우리만 이런 험한 꼴을 당해야 하냐고!"

소란스러운 소리를 듣고 이 방 저 방에서 구경꾼들이 고개를 내밀어 복도에서 벌어진 소란을 엿보고 있었다. 다른 방에서 일하던 업소 여자들과 스태프의 모습도 있었다.

그러나 아무도 도와주려 하지 않았다.

미즈키의 외침은 어디에도 가닿지 않았다. 사이렌 소리가 가까워지고 있었다. 나기사는 떨리는 손으로 미즈키를 힘차게 끌어안는 것 외에는 아무것도 할 수 없었다.

가게 측의 신고로 구급차와 경찰차 세 대가 달려와 상가 빌딩 앞은 삼엄한 분위기를 연출했다. 수많은 구경꾼이 그 주위를 에워싸고 있었다.

피를 흘린 남자는 들것에 실려 빌딩을 나왔다. 남자는 집에 가고 싶다고 사정했으나 결국 병원으로 이송되었다. 아무래도 처자식이 있어 여기서 있었던 일을 표면화하고 싶지 않은 모양이었다.

복도에서는 경찰관 두 명이 미즈키를 둘러싸고 운전면허증을 확인하고 있었다.

"음, 노가미 겐타로 씨 맞으시죠?"

"아니에요, 노가미 미즈키예요. 겐타로라는 사람은…… 모릅니다."

경찰관들은 난감한 표정으로 서로를 바라보았다.

경찰관이 미즈키에게 동행을 요구했다. 나기사는 견디지 못하고 나섰다.

"저기, 경찰관님. 아니에요, 미즈키는 아무 잘못 없어요. 다 제 잘못이에요……. 제 말을 좀 들어주세요."

다른 경찰관이 나기사의 필사적인 호소를 아무렇지 않게 묵살했다.

"아, 죄송합니다. 경찰서에서 본인한테 이야기를 듣지요."

미즈키는 경찰관이 팔을 붙들자 저항하지 않고 순순히 걸음을 옮겼다.

"겐타로라는 사람은…… 몰라요."

그렇게 중얼거리는 미즈키의 눈은 텅 비어, 이 세상에 존재하지 않는 것만 같았다.

내 탓이야.

연행되는 미즈키의 등을 바라보며 나기사는 생각했다.

몸의 떨림이 도무지 멎지 않았다.

부엌에서 들려오는 칼질 소리에 이치카는 눈을 떴다.

어렸을 때 이런 소리를 들은 기억은 없었다. 그럼에도 어딘가 간질간질한 듯한, 다정한 소리임이 느껴졌다.

그 소리는 자장가 대신 이치카를 다시 꾸벅꾸벅 잠에 빠져들게 했다.

"이치카, 일어나. 학교 갈 시간이야."

몇 분, 아니 몇 십 분이 지났을까. 나기사의 목소리가 들렸다. 이치카는 대답하지 않고 계속 잤다.

"그만 일어나."

"5분만 더."

"안 돼, 일어나. 지각한다."

이치카는 눈을 감은 채 몸을 일으켰다.

"알았어……."

식탁에는 아침 식사가 이미 차려져 있었다. 된장국을 담은 그릇을 식탁에 올려두는 나기사의 모습을 보고 이치카는 저도 모르게 얼어붙었다.

나기사의 긴 머리가 짧게 잘려 나가고 없었다. 숏컷 정도가 아니라 스포츠형으로 짧아져 있었다. 얼굴에는 화장기 하나 없었고, 심지어 작업복 차림이었다.

"좋은 아침이야. 자, 아침 먹어. 나는 먼저 나가봐야 해."

자세히 보니 식탁에 차려진 식사는 이치카 몫뿐이었다. 나기사는 아무 설명도 없이 그대로 일어섰다. 참지 못한 이치카가 물었다.

"어떻게 된 거야?"

"아, 이거? 취직했어."

"뭐? 그게 무슨 소리야?"

"좋은 회사야. 월급도 괜찮고."

"왜……?"

나기사가 미소 지었다.

이치카는 그 미소를 놀란 표정으로 바라보았다.

눈앞에 있는 사람이 나기사 맞나?

마치 다른 사람처럼 느껴졌다.

"왜 취직했는데?"

"왜라니. 애랑 달리 어른은 일을 해야 해. 그래야 너도 발레에 집중할 수 있을 테고."

역시나. 어렴풋이 나기사의 변화가 자신과 상관이 있는 것은 아닐까 느끼고는 있었다.

한동안 나기사를 바라보던 이치카는 차려진 밥상에는 손도 대지 않고 나기사에게 등을 돌린 채 누워 만화를 읽기 시작했다.

"너 그게 무슨 태도야? 내가 누구 때문에 일하는 줄 아니?"

"부탁한 적 없어."

"뭐? 너 진짜 그럴래?"

겉모습은 남자처럼 변했어도 말투는 나기사 그대로였다. 등 너머로 들리는 나기사의 목소리에, 나기사의 긴 머리를 떠올리자 이치카는 울음이 터질 것만 같았다.

"부탁한 적 없어."

나기사는 이치카의 손에서 만화책을 빼앗아 박박 찢어버렸다.

그러자 이번에는 이치카가 벌떡 일어서 식탁 위에 차려진 아침 식사를 닥치는 대로 뒤엎기 시작했다.

"부탁한 적 없어."

한 발 한 발 뒷걸음질하다 벽에 몸을 기댄 이치카는 고집스러운 표정으로 그 말을 반복했다.

남의 속도 모르고.

사진으로라도 다시는 보기 싫다던 남자 모습이 될 결심은 대체 얼마나 처연한 것이었을까. 얼마나 괴로웠을까.

이치카는 벽에 등을 기댄 채 나기사를 노려보았다. 중학생치고는 꽤 큰 키임에도 작디작아 보였다.

고집스럽게 일그러진 표정을 가만히 바라보는 사이, 나기사의 가슴에는 지금까지 느껴본 적 없는 감정이 생겨났다.

"이치카……."

살포시 불렀다.

이치카는 겁을 먹었을 뿐이야.

"이리 와."

이치카는 고개를 휘휘 저었다.

"오라니까."

그때 나기사의 마음은 이미 차분해져 있었다.

"와."

세 번째로 나기사가 말했다.

이치카는 아주 천천히 나기사 곁에 다가와 나기사의 품에 얼굴을 묻었다.

왜 나를 위해서?

왜 이런 나를 위해서?

친엄마한테도 버림받았는데…….

혼란스럽고 겁먹은 이치카의 마음이 느껴졌다.

나기사는 이치카의 머리를 살며시 쓰다듬었다. 마치 어린 아이의 머리를 쓰다듬듯이, 몇 번이고 계속.

엄마인 사오리가 이렇게 매일 쓰다듬어 주었었다. 귀여워 어쩔 줄 모르겠다는 듯이.

"착하지."

나기사가 부드럽게 말했다.

"착하지……. 괜찮아."

내가 있으면 이 아이는 괜찮다고 나기사는 생각했다.

나야말로 이치카의 모든 것을 받아들일 수 있는 유일한 사람이라고.

7

나기사가 취직한 곳은 도린이라는 이름의 물류 회사로, 신주쿠에서 전철로 30분 정도 떨어진 곳에 있었다.

그렇게나 취직이 되지 않더니만 남자 모습으로 돌아가 면접을 보자 쉽게 채용이 결정되었다. 월급이 적지 않아서 지원하긴 했지만, 막상 출근하니 왜 많이 주는지 이해가 됐다.

그곳은 그야말로 체력으로 승부하는 직장이었다.

나기사는 남자로 일했을 때도 힘이 없던 편이었기에 첫날부터 고생의 연속이었다. 다른 사원이 가뿐히 들어 올리는 박스도 비틀거리며 옮겼다. 맞춰 나갈 수 있을지 불안했으나 준야라는 20대의 어린 선배가 늘 힘이 되어주었다.

"왜 이렇게 비실거려요."

말은 그렇게 하면서도 아무렇지 않게 도와주었다. 일반인 남성과 이렇게 편한 대화를 나누기는 오랜만이었다. 애당초 오랫동안 신주쿠에만 있다가 나온 것이 몇 년 만이었다. 괜스레 긴장되었다.

어느 날, 준야가 펜을 건네주며 헬멧에 이름을 쓰라고 했다. 첫날에 설명을 들었던 터라 꼭 써야 한다는 건 나기사도 알고는 있었다. 그러나 도저히 쓸 마음이 들지 않아 못 들은 척 며칠을 보냈다.

준야가 직접 펜을 건넸으니 이제는 쓸 수밖에 없었다.

헬멧의 이름 적는 곳에 '다케다'라고 쓴 다음 순간, 손이 멈췄다.

몇 년이나 나를 괴롭혀 온 이름.

'겐지'라고 이어 쓴 순간, 나기사의 눈에서 눈물이 흘렀다.

"아니, 왜 울어요?"

준야는 당황스러워 했다.

"내가 뭐 말실수한 거라도?"

"아니, 아닙니다. 좀 슬픈 일이 생각나서."

"아, 진짜 놀랐잖아요."

안심한 듯 준야가 환하게 웃자, 나기사의 얼굴에도 웃음이 돌았다.

어느 새인가 자신이 눈앞에 있는 남자에게 호의를 품었음을 깨달았다.

"다녀왔어."

요즘은 신주쿠역까지 이치카가 마중을 나오는 일이 잦았다.

역에 도착한 나기사는 라커에 넣어둔 여자 옷으로 갈아입고 가발을 썼다.

"어서 와. 일은 어땠어?"

"응, 재미있어."

재미있다는 말은 거짓은 아니었다. 준야와 함께하는 일은 마냥 즐거웠다. 어딘지 모르게 준야는 첫사랑을 닮았다. 얼굴이 닮은 게 아니다. 배려나 부드러운 미소가 왠지 비슷했다. 첫사랑과 만났던 때는 지금 이치카와 같은 중학생 시절이었다.

"저기, 이치카."

"왜?"

"너는 좋아하는 사람 있니?"

"갑자기 뭔데."

"아니, 그럴 나이잖아."

"딱히 없어."

"뭐야, 재미없게시리."

"나기사는?"

나기사는 첫사랑 이야기를 했다.

반에서는 눈에 잘 안 띄는 학생이었지만 다정하고 늘 미소가 끊이지 않는 남자였다. 당시의 나기사는 남자를 좋아하는 스스로를 아직 이해하지 못해 괴로워하고 있었다.

그러나 대다수의 10대 연애가 그렇듯 나기사 역시 애절한 마음을 이기지 못하고 충동적으로 고백하고야 말았다.

"정말?"

옆에서 이치카가 눈을 동그랗게 뜨고 말했다.

"정말은 또 뭐람. 실례야"

지금도 잊을 수가 없다.

"방과 후 체육관 창고에서 고백했어."

석양이 비치는 작은 창고에서 두 사람은 마주 보고 있었다.

"뭔데?"

불려 나온 그 학생이 말했다.

"나……."

나기사는 한 발짝 앞으로 나섰다.

"널 좋아해."

한동안 대답이 없었다.

침묵이 계속되었고 나기사는 이 세상에서 사라져 버리고 싶다고 생각했다.

그러나 갑자기 그 남학생은 나기사의 팔을 꽉 붙들고는 입술에 키스를 했다.

그리고 나기사는 그대로 벌러덩 넘어져 버렸다.

"아니. 그게 뭐야?"

이치카가 고개를 갸웃거렸다.

둘은 마침 가부키초 근처를 걷고 있었다.

"뭘까? 정신을 차리고 보니 혼자 창고에 누워 있었어."

"그리고?"

"그 뒤로는 아무 일도 없었던 듯 학교를 다녔고, 그 아이는 아무 일도 없었다는 듯 졸업했어."

"그게 뭐야."

"아니, 너는 그게 뭐야 소리밖에 못 하니? 발레 하는 애가 어휘가 너무 빈곤해."

"발레랑은 상관없잖아."

모처럼 추억 속에 쟁여두었던 특별한 에피소드를 꺼냈는데 반응이 그게 다야? 나기사는 욱하는 표정으로 성큼성큼 앞서 걸었다.

"그래서, 그다음은? 어른이 된 다음이라던가."

이치카는 아무렇지 않게 쫓아와 뒷이야기를 재촉했다.

사랑이라는 감정에 흥미가 없지는 않은 모양이다.

언젠가 이치카도 연애를 하고, 사랑을 알아 누군가의 연인이 되어 결혼하고 엄마가 되겠지.

나기사는 문득 그런 생각을 했다.

그때 나는 대체 무얼 하고 있을까.

바라건대 어떤 입장이든 이치카의 그런 모습들을 지켜볼 수 있기를. 완전히 익숙해진 이치카의 무표정한 얼굴을 바라보며 나기사는 기도했다.

일을 시작하고 얼마 지났을 무렵, 직장 동료들과 회식 자리를 가졌다. 환영회를 겸한 가벼운 회식이었다. 참석자는 준야를 비롯해 다 허물없고 술을 좋아하는 쾌활한 사람들이라 나기사는 모두에게 호감을 가지고 있었다.

"다케다 씨, 일은 좀 익숙해졌어요?"

술 때문에 얼굴이 벌개진 준야가 나기사의 옆자리에 털썩 앉았다.

"네, 덕분에."

"딱딱해, 다케다 씨. 대화가 너무 형식적이야."

"죄송합니다. 전에는 영업일을 했던 터라."

"영업이라니 대단하네요. 난 못 해."

"왜요? 선배님, 잘하실 것 같은데."

"못 해요, 못 해. 사람 대하는 거 쥐약이라."

아무렇지 않게 몇 번이나 나기사를 도와준 사람의 말이라고는 생각할 수 없었다. 그러나 준야의 말은 겸손이 아니라, 스스로를 정말 그렇게 생각하는 듯했다.

"그런데 다케다 씨는 결혼했어요?"

"아뇨."

"여친은 있어요?"

"없어요. 선배는요?"

"아, 나는 모집 중."

그러자 곤드레만드레 취한 상사가 대화에 끼어들었다.

"뭐, 준야는 어느 쪽도 오케이니까. 범위가 넓어서 좋겠어."

그러고는 자기가 뱉은 말에 웃음을 터뜨렸다. 나기사는 무심코 준야의 안색을 살폈으나, 그는 조용히 웃고 있었다.

"아니라구요. 아, 좀 하지 마세요."

"그치만 너 간 적 있다며, 뉴하프 업소."

"아, 딱 한 번이거든요."

다들 크게 웃는 통에 나기사도 따라 웃었다.

"너 당하고 왔지?"

상사의 말에 그 자리는 웃음바다가 되었다. 나기사가 억지 웃음을 짓는 사이 어찌어찌 이 화제는 끝난 듯했다. 상사는 다른 남자를 놀리기 시작했다.

"난감하네……."

준야는 물수건으로 이마의 땀을 찍었다. 쩔쩔매는 준야에게 시선을 돌리자 그는 변명하듯 "아니에요"라고 말했다.

"가기는 갔었는데, 딱히 그쪽 취향인 건 아니고요."

"어땠어요?"

나기사는 무심결에 물었다.

"어땠냐고요? 뭐, 겉보기에는 여자니까. 좀 느낌이 이상하긴 했어요. 다케다 씨도 가보시면 되잖아요. 요즘은 여기저기 널렸어요."

"네…… 언젠가."

그렇게 대충 대답하며 미즈키를 떠올렸다.

경찰서에서는 곧 풀려났지만, 미즈키의 행방은 또 묘연해졌다.

구해줘서 고맙다는 인사도, 끌어들여 미안하다는 사과도 아직 제대로 하지 못했다.

어떻게 지내고 있을까.

뉴하프 업소 이야기에 폭소를 터뜨리던 사람들의 얼굴. 맞춰주기 위해서라고는 해도 억지웃음을 지은 것이 떠올라 가슴 깊은 곳이 콕콕 아파왔다.

이치카의 생김새가 변했다.

미카는 자기주도 연습을 하는 이치카를 지켜보며 그렇게 생각했다.

이치카가 미카의 교실에 다닌 지 꽤 시간이 흘렀다. 단기 전학이라는 나기사의 말에 언젠가 떠나보낼 존재라고 홀로 되뇌이곤 했다. 그러나 요즘은 이대로 있어주지 않을까 하는 옅은 기대마저 피어올랐다.

이 정도의 집중력을 이치카는 어디에서 익혔을까?

요즘의 미카는 그 생각뿐이었다.

발레는 물론, 체력적인 요소가 강하지만 단단한 정신력 또한 중요하다.

이치카는 히로시마에서 어떤 상황이었을까?

본인이 말하지 않기에 추측할 수밖에 없지만, 학대를 받았다는 이야기는 들었다.

애당초 연습에 열심히 임하긴 했지만, 요즘의 이치카는 전보다 더 연습에 몰두했다.

눈앞에서 미카가 가르친 오데트의 바리에이션을 이치카가 추는 중이다.

무대 중앙에서 홀로 춤을 추는 것을 바리에이션이라고 한다.

발레의 하이라이트이며, 공연 목록에 따라 수많은 바리에이션이 존재한다.

〈잠자는 숲속의 공주〉의 오로라 공주 바리에이션, 〈돈키호테〉의 큐피트 바리에이션, 〈코펠리아〉의 스와닐다 바리에

이션 등 다양하다.

〈백조의 호수〉에서만 해도 빠 드 트루아 제1과 제2, 오딜 그리고 오데트와 여러 여성 바리에이션이 존재한다.

그리고 이치카는 콩쿠르에 오데트의 바리에이션을 선택했다.

"콩쿠르, 정말 오데트로 갈 거야? 3대 발레는 심사위원이 특히나 까다롭게 평가해서 불리해."

3대 발레란 차이코프스키의 3대 걸작 〈백조의 호수〉, 〈잠자는 숲속의 공주〉, 〈호두까기 인형〉을 가리킨다. 이 세 가지를 콩쿠르에서 추는 발레리나는 거의 없다. 높은 레벨을 요구하는 데다가 심사위원이 엄격한 눈으로 볼 가능성이 높기 때문이다.

"이걸…… 추고 싶어요."

이치카는 미카의 눈을 똑바로 보며 말했다.

"그래…… 알겠어."

몇 번인가 바꾸려고 설득해 보긴 했으나 이치카의 마음은 변하지 않았다. 본인이 이렇게까지 강력하게 원한다면 할 수밖에 없다. 심사위원이 납득할 만한 오데트를 출 수밖에.

이치카는 어떻게 해서든 '백조'를 추고 싶었다.

나기사에게 받은 깃털 장식을 쓰고 무대에 서고 싶었다.

이전에는 무無가 되고 싶어 추었던 발레도 지금은 남을 위해 추고 싶어졌다.

나기사를 기쁘게 해주고 싶다.

보는 사람을 기쁘게 해주고 싶다.

언젠가 수많은 관객 앞에서 춤을 추고 싶다.

그렇게 생각하면 스스로도 가슴 속에서부터 불꽃이 타오르는 느낌이 들었다. 발레와 만나기 전에는 제 안에 존재하는지도 몰랐던 불꽃이.

굳이 어려운 도전에 나선 이상, 다른 사람보다 훨씬 더 많이 연습할 수밖에 없다.

이치카는 자기주도 연습에 더더욱 집중했다.

미카는 그런 이치카를 보고 이제 때가 되었을지도 모른다고 느꼈다.

이치카는 만 열두 살이었다.

아슬아슬해.

미카는 초조했다.

발레의 세계에서 만 열두 살은 아슬아슬한 연령이다.

어릴 때 일본을 떠나 해외에서 유학하지 않으면 세계 무대에서 경쟁할 수 없다. 국내에서 아무리 노력해 본들 미카처럼 발레 교실 선생이 되는 것이 고작이다. 이치카는 프로로서 세계 무대에 서야 한다. 자신의 못다 이룬 꿈을 짊어지게 할 생각은 없었지만 이치카의 재능은 세계에서 꽃을 피워야만 한다고 확신했다.

발레 무용수를 목표로 삼기 위해서는 집안의 경제력이 매우 중요하다. 발레는 평등하지 않다.

이치카는 린네 집안 같은 경제력은 없기에 해외로 가기 위해서는 반드시 장학금을 받아야만 했다. 그러기 위해서는 가급적 많은 콩쿠르에 나가 실적을 쌓을 수밖에 없었다.

그렇게 중요한 콩쿠르 결승곡으로 이치카는 〈백조의 호수〉를 고르려 하고 있다.

콩쿠르 날이 코앞으로 다가왔다. 나기사와 이치카는 콩쿠르에서 입을 의상을 고르는 중이었다.

콩쿠르에서 출 곡목은 예선 〈할리퀴네이드〉, 결승 〈백조의 호수〉로 정했다. 당연히 구입할 여유는 없었기에 의상은 대여했다. 댄스 의상 전문 대여점에 가 마음에 드는 옷을 모조리 입어보았다. 의상과 메이크업에 관해서는 이치카보다 나기사가 더 깐깐했다. 이건 어떻고 저건 어떻고 하느라 시간이 꽤 걸렸다.

"이제 됐어, 아무거나 해도……."

귀찮아진 이치카의 말에 나기사는 서슬 퍼런 얼굴로 정색을 했다.

"너 그러면 안 돼. 콩쿠르에서 가장 예뻐야 한다고."

겨우 의상 고르기가 끝났을 때는 이미 해가 완전히 진 후였다.

"오늘은 밖에서 밥 먹을까?"

"응."

"뭐가 좋아?"

"고기."

"너 살찐다."

나기사의 협박에도 이치카는 모르쇠로 일관했다.

이치카에겐 몸매를 유지해야 한다는 개념도 없었다. 특별히 노력하지 않아도 타고난 체형 자체가 뛰어난 데다 아무리 먹어도 살이 붙지 않았다.

나기사는 이치카와 함께 평소 자주 가던 고깃집으로 향했다. 전에 미즈키와 자주 갔던 가게였다. 신주쿠 이곳저곳에 미즈키와의 추억이 있었다.

"그럼 오늘은 배 터지게 먹자. 월급도 들어왔으니."

의기양양하게 가게에 발을 들이기 무섭게, 나기사의 얼굴이 굳어졌다.

나기사가 일하는 도린 직원들이 계산대 앞에 줄 서 있었다. 남자들 사이에는 준야의 모습도 있었다.

"잘 먹었습니다."

상사가 쏜 듯, 준야와 일행이 머리를 숙였다.

이대로는 가게를 나서려는 일행들과 딱 마주칠 텐데, 몸이 가위에 눌린 듯 움직이지 않았다.

"왜 그래?"

이치카가 물었지만 대답할 수 없었다.

다음 순간, 갑자기 준야가 입구 쪽으로 고개를 돌렸다.

"배가 터지겠……."

나기사와 준야의 눈이 마주쳤다. 눈앞에 있는 여자가 누구인지 준야는 바로 알아챈 듯했다. 둘은 한동안 서로 마주 보았다.

고깃집의 소란스러운 소리가 마치 무성 영화의 한 장면처럼 들리지 않았다. 게다가 시간이 멈춘 세상에서 자신과 준야만이 움직이는 듯한 착각에 휩싸였다.

그러나 착각은 착각일 뿐이었다.

"감사합니다."

점원의 목소리와 함께 상사들이 입구로 다가왔다. 이제는 도망칠 수 없다고 단념한 순간, 준야가 나기사의 앞을 막아섰다.

"아, 선배! 다음은 어디 가요?"

"헐, 더 마시게? 이만하면 됐지."

"에이, 이제부터죠! 월급도 받았겠다."

"펑펑 쓰다가는 마누라한테 혼나."

준야는 상사의 주의를 끌며 시야를 가려주었다.

덕분에 상사들은 나기사를 알아보지 못한 채 잡담을 늘어놓으며 가게를 나섰다.

"왜 그래?"

이치카의 목소리에 퍼뜩 정신이 들었다.

자리를 안내받고 고기를 먹으면서도 온통 준야 생각뿐이었다. 자신을 감싸준 준야가 나기사에 대해 떠벌릴 리가 없다. 그럴 사람이 아니다. 소문이 퍼질 걱정은 하지 않았지만 준야가 어떻게 생각할지가 신경 쓰였다. 무엇보다 내일 어떤 표정으로 마주해야 할지 막막했다.

결국 다음 날이 되어서도 어떤 표정으로 마주해야 좋을지 결정하지 못했다.

그러나 맥이 빠질 만큼 준야는 아무 일도 없었다는 듯 대했다.

"저기, 어제는……."

나기사는 어제 차림새에 대해 설명하려 입을 열었지만, 중간에 말을 삼켰다. 준야에게 부연 설명은 필요 없을 듯했다.

나기사도 미즈키도 요코 마마도, 자기 같은 여자는 수없이 존재한다.

트렌스젠더, 뉴하프, 모욕적으로 여장남자라고 불릴지언정, 분명히 존재한다.

우리는 평범하게 존재하고 있을 따름이다. 대다수의 일반인과 마찬가지로.

준야는 그런 부분을 이해하고 있을지도 모른다. 그 생각은 준야가 한 말을 듣자 확신으로 바뀌었다.

"그 집 고기, 맛있지 않아요?"

극히 평범한 질문인데 눈물이 나올 정도로 기뻤다. 웃는 준야에게 나기사도 미소로 대답했다.

"네, 맛있었어요."

나기사 같은 사람들과 달라도 준야처럼 이해해 주는 사람도 있다. 이 이야기를 누구보다도 미즈키에게 들려주고 싶었다.

8

고기를 배불리 먹은 탓인지, 오늘 레슨은 몸이 무거웠다.

"이치카, 무거워!"

이치카의 생각을 미카가 말로 꾸짖었다. 오늘은 공원에서 자기주도 연습을 평소의 배는 해야겠다고 속으로 다짐했다.

콩쿠르는 벌써 내일로 다가왔다. 콩쿠르를 앞둔 몇 주 동안, 미카의 지도는 날이 갈수록 엄격해졌다. 이치카에게는 좋은 일이지만 다른 학생들에게는 곤욕이 아닐 수 없었다. 모든 학생이 콩쿠르를 지향하는 건 아니니까. 발레 의상에 홀렸을 뿐인 아이도 있는가 하면 친구와 즐겁게 운동하면 그만이라는 아이도 있었다. 그런 아이들에게는 즐거웠던 교실이 살벌한 전쟁터로 바뀌어 버린 것은 견디기 힘든 일이었다. 실제로 한 학생이 그만두었는데, 아마도 자기 때문일 거라고 이치카는 생각했다.

내가 이 교실을 그만두면 원래의 평온한 분위기로 돌아가 안심하는 아이가 있을지도 모른다.

하지만 이치카는 그만둘 마음이 조금도 없었다. 평생을 걸 만한 꿈을 이치카는 이미 발견해 버렸다. 그리고 그것은 혼자만의 꿈이 아니었다. 나기사의 꿈이기도 했고, 미카의 꿈이기도 했다.

며칠 전, 레슨이 끝난 후 미카는 이치카를 남몰래 식사에 초대했다. 미카는 아르바이트를 하는 이탈리안 레스토랑에 이치카를 데리고 가 좋아하는 음식을 먹어도 된다며 메뉴판을 건넸다.

이치카는 고민 끝에 까르보나라와 피자를 주문했다. 미카는 "다 못 먹을 텐데"라고 말하면서도 남기면 자기가 먹으면 된다며 둘 다 시켰다. 그러나 레슨으로 배가 고팠던 이치카는 혼자서 거의 다 먹어 치웠다.

"젊다는 건 참…… 대단하구나."

미카는 홀쭉한 이치카의 배 속 어디에 저 많은 음식이 들어가는지 의아하다는 듯 뚫어져라 쳐다보았다. 그리고 디저트인 케이크까지 먹어 치운 이치카에게 미카는 진지한 어조로 말을 꺼냈다.

"저기, 이치카는 장래에 대해 생각해 본 적 있어?"

질문을 받은 이치카는 처음으로 진지하게 자신의 미래에 대해 생각해 보았다. 지금까지 학교에서 장래희망에 대한 질문을 받아본 적은 있었으나 없다고만 대답했다. 미래에 대한 기대보다는 지금의 현실이 더 가혹했기 때문이다. 그저 이 세상에서 사라지고 싶었다. 길렘 선생님 교실에는 열심히 다녔지만 발레와 장래희망을 결부시킨 적은 없었다. 그때는 발레를 출 때만 아무 생각 없이 있을 수 있었다. 사라지고 싶다는 생각도 들지 않았다. 정말로 내가 사라져 버린 것처럼 비워낼 수 있었다. 그래서 하염없이 췄다.

하지만 지금은 다르다. 발레가 재미있다. 재미있어서 계속하고 싶다.

"춤을 추고 싶어요."

그저 그렇게 대답했다.

미카는 어른이 된 후로도 발레를 계속하려면 무엇을 해야 하는지 가르쳐 주었다. 발레 업계의 문이 얼마나 좁은지를 다시금 이치카에게 상기시켰다. 그리고 그 험난한 바닥에서 가진 돈이 없는 자들이 어떻게 해야 되는지 구체적인 방법을 가르쳐 주었다.

"외국은? 관심 있니?"

"모르겠어요."

길렘 선생님이 보여준 스위스에서 발레를 추던 시절의 사진에, 어딘지도 모르는 그곳에 아주 조금 마음이 동한 적은 있었다. 그러나 그 감정은 젊었을 때의 길렘 선생님으로 보이는 사람이 입고 있는 백조 의상에 설렜을 뿐이었다.

미카는 간단하게 발레의 역사까지 가르쳐 주었다. 발레가 프랑스에서 시작됐다는 사실도 이치카는 몰랐다. 스위스 로잔느에서 열리는 콩쿠르는 특히나 권위가 있으며 전 세계에서 일류 무용수를 꿈꾸는 사람들이 빠짐없이 참가한다는 미카의 이야기를 듣던 이치카는 스위스라는 나라 이름에 반응했다. 그런 나라에서 발레를 했던 길렘 선생님은 역시 굉장한 분이었을 것이다.

"외국에서 춰보고 싶지?"

미카는 재차 물었다. 조금 전에는 모르겠다더니, 이내 눈을 빛내며 대답했다.

"네."

깊은 고민 없이 한 대답이었다. 그럼에도 그렇게 답했을 때 미카가 너무나 기뻐하는 모습을 보여서 이치카는 어렴풋하게나마 해외에서 춤을 추는 것에 대해 생각해 보게 되었다.

히로시마에 있던 무렵 엄마가 술에 취해 자고 있을 때, 스마트폰으로 몰래 발레 동영상을 보곤 했다. 진짜 길렘 선생님의 춤사위에 푹 빠져 밤새 반복해서 보느라 데이터를 다 써서 엄마에게 혼날 뻔한 적도 있었다.

넋을 잃고 보았던 프로 무용수들의 무대 중 대부분은 역시 외국이겠지. 그 무대에 내가 설 수 있을지도 모른다. 그렇게 생각하니 스위트피의 무대에 섰을 때처럼 끓어오르는 흥분이 느껴졌다.

전에는 히로시마가 전부였다. 도쿄는 먼 외국 같았다. 진짜 외국은 없는 존재나 마찬가지였다. 아무것도 없는 시골에서 도쿄로 나와 다행이다 싶었다. 도쿄에 올 수 있었던 것처럼 정말로 이 눈으로 직접 세계를 볼 수 있을지도 모른다.

"무척 어렵긴 하지만, 희망은 있어."

미카가 말했다.

그 말에 이치카는 요즘 제 안에 안개처럼 끼어 있던 감정의 정체를 깨달았다.

희망.

지금까지 희망을 생각해 본 적이 없었다. 생각하려 하지도 않았다. 바람이 이루어지지 않는다는 사실을 알고 있었기 때문이다. 하지만 지금은 꼭 그렇지만도 않다는 생각이 들었다.

도쿄에 와 발레를 하고 싶다던 바람은 이루어졌다. 지금은 하고 싶은 일이 아주 많았다.

지금은 훨씬 먼 훗날의 일까지 이치카는 생각하게 되었다.

전에는 넘어지지 않도록 고개 숙여 한 발짝 앞만 바라보았다. 하지만 지금은 다르다. 고개를 들고 앞을 똑바로 바라볼 수 있게 되었다.

세계 무대에서 〈백조의 호수〉를 추고 싶다.

프로로서 바리에이션이 아닌 전막全幕을 추고 싶다.

이치카는 태어나서 처음으로 희망을 품었다. 그것은 이치카에게 자기 인생이 고스란히 제 것이 된 듯한 특별한 감각을 안겨주었다. 나기사를 위해서도, 미카를 위해서도 그리고 자신을 위해서도 콩쿠르에서 우승하고 싶었다.

그러기 위해서는 조금이라도 많이 연습을 해야 한다.

나기사가 사준 고기 때문에 여전히 몸이 무거웠지만 빨리 자기주도 연습을 시작하고 싶어 이치카는 집을 향해 뛰었다.

그날은 나기사가 스위트피에 출근하는 날이었다. 이치카는 늘 나기사가 스위트피 일을 끝내고 공원을 지날 때까지 연습을 계속했다. 그리고 함께 나란히 집에 돌아왔다. 이치카는 그 시간이 꽤나 좋았다.

나기사의 맨션에 도착해 계단을 오르기 시작하자 위쪽에서 음악 소리가 들려왔다.

희미한 소리다. 그러나 이치카의 예민한 귀는 그 음을 잡아냈다.

린의 새로운 친구들이 큰 소리로 틀었던 그 음악이었다.

귓가에 오랫동안 남는 전자 중저음, 틀림없다.

그러고 보니 그 음악은 엄마가 일하던 업소에서도 매일같이 흘러나오던 곡이었다는 사실이 떠올랐다. 클래식을 듣는데 익숙해진 지금은 그때보다도 더 귀에 거슬렸다.

나선형으로 된 계단을 빙 돌아 곧바로 집이 있는 층에 올랐을 때, 이치카는 흠칫 발을 멈추었다. 앞쪽 층계참에 앉아 있는 그림자가 보였다. 귀에 꽂은 이어폰에서 말도 안 되게 큰 소리의 음악이 흘러나오고 있었다.

그림자는 이치카를 알아보고 이어폰을 빼더니 천천히 일어섰다.

"데리러 왔어."

웃으며 천천히 계단을 내려오는 사람은 엄마인 사오리였다. 이치카는 저도 모르게 주춤주춤 뒷걸음질을 쳤다.

잊고 있었던 현실이 한꺼번에 몰려들었다.

이치카에게는 엄마가 있다.

사랑해 주지 않는 엄마. 취해서 손찌검하는 엄마. 그럼에도 그 사람은 이치카의 엄마였다.

그리고 새삼 확인할 것도 없이, 꿈같은 도쿄 생활은 기한이 정해져 있었다. 언젠가는 끝이 난다.

그것이 현실.

현실인데, 그런데 왜 눈앞의 광경이 악몽처럼 보일까. 엄마가 싫지는 않았다. 그건 사실인데, 눈앞의 엄마가 다가오는 모습이 너무나도 공포스러웠다.

"엄마 이제 달라졌어."

다시 염색을 했는지 금발이라기보다 누리끼리하다는 표현이 어울리는 머리색이 묘하게 붕 떠 보였다.

"달라졌어."

사오리는 이치카의 눈앞에서 한번 더 그렇게 말하고는 이치카의 볼을 만졌다. 손등에는 전에 없었던 작은 타투가 새겨져 있었다.

HOPE.

콩쿠르 장소인 하치오지홀은 온통 참가자들로 북적였다.

미카의 추천으로 신청한 하치오지 발레 콩쿠르는 국내에서는 중견급 콩쿠르라고 했는데, 참가자가 300명도 넘는 엄청난 규모였다.

미카의 발레 교실밖에 몰랐던 나기사는 이렇게 발레를 하는 아이가 많다는 사실에 놀라움을 감추지 못했다. 곁에 있는 이치카는 여전히 무표정했지만 함께 지내 온 나기사는 이치카 역시 속으로는 놀라고 있음을 알 수 있었다.

초등학교 저학년부터 고등학생까지 연령대도 폭넓었다. 그리고 아이들을 따라 나온 엄마까지 있어 홀에는 상당한 인원이 모여 있었다.

이 인파 속에서 미카와 합류할 수 있을까 불안해하고 있는데 미카가 먼저 발견하고 다가왔다. 나기사의 모습은 인파 속에서도 눈에 띄는 듯했다. 나기사는 큰 맘 먹고 좋아하는 새빨간 코트를 걸치고 오길 잘했다고 생각했다.

"굉장하네요. 이 아이들이 다 콩쿠르에 나가는 거죠?"

"더 굉장한 콩쿠르도 많아요."

놀란 표정으로 말하는 나기사에게 미카는 웃으며 말했다.

"발레 인구만은 세계에서 손에 꼽히니까요."

나기사는 새삼 이치카가 나아가려는 세계의 무시무시함을 깨닫고는 불안해졌다.

이치카의 재능은 믿어 의심치 않지만 이만큼 많은 발레리나를 마주하고 나니 어쩌면 이치카보다 뛰어난 아이는 얼마든지 있지 않을까 하는 생각이 자꾸 들었다.

실제로 회장 구석에서 연습하는 아이들도 많았는데, 체형도 춤도 나기사의 눈에는 모두 다 프로처럼 보였다.

미카에게 떠밀려 접수처의 긴 줄에 서면서 조금 떨어져 기다리는 이치카를 바라보았다.

홀로 오도카니 서 있는 이치카가 마치 길 잃은 어린아이처럼 보여, 나기사는 빨리 그 곁으로 돌아가고 싶은 마음뿐이었다.

홀로 남겨진 이치카는 멍하게 담소를 나누는 모녀를 바라봤지만, 아무것도 눈에 들어오지 않았다.

머릿속은 바쁘게 어제 일을 재생하고 있었다.

어젯밤, 엄마는 이치카의 팔을 거칠게 붙잡으며 말했다.

"짐 챙겨. 당장 집에 가자."

그대로 히로시마까지 끌고 갈 기세였다.

오랫동안 이치카 없이 생활하면서 확실히 달라졌다고 사오리는 말했다. 술도 끊기 위해 업소도 그만두고 지금은 파트타임으로 일을 하고 있다고 했다. 딸이 없는 생활을 더 이상은 견딜 수 없다며 이치카를 끌어안고서 눈물로 호소했다.

"하지만 나기사가……."

"인사는 나중에 해도 돼."

여전히 사오리는 고집을 부렸다. 옛날이었다면 그 말에 생각을 멈추고 고분고분 따랐겠지.

그러나 이치카는 사오리의 손을 뿌리치고 제 의지대로 그곳에 머물렀다.

뜻밖이기도 해서 두렵게 느껴졌던 엄마의 모습이었지만 다시 보니 그 정도의 위압감은 느껴지지 않았다. 키도 엄마와 별반 차이가 나지 않았다.

"내일 발레 콩쿠르 있어. 죽어도 나갈 거야."

"말투가 왜 그래? 기분 나쁘게."

사오리는 도쿄에 물든 이치카의 모습이 마음에 들지 않는 듯했다. 그러나 때리지는 않았다. 확실히 엄마가 조금은 달라졌다고 이치카는 생각했다. 그러나 이치카가 아무리 열심히 발레에 대해 이야기해도, 얼마나 중요한 콩쿠르인지 설명해도 엄마는 들으려고 하지 않았다.

엄마에게 발레는 그저 놀이에 불과할 뿐이겠지.

이치카에게는 인생을 건 일이라는 무게감을 사오리는 전혀 받아들이지 못했다.

이제 내일 콩쿠르는 못 나가는 건가, 하고 절망하던 이치카의 머리에 한 가지 아이디어가 떠올랐다.

짐을 싸는 척하며 나기사의 집으로 돌아가 안에서 문을 잠그고 버텼다.

사오리는 몇 번이나 문을 두드리고 벨을 누르면서 같이 돌아가자고 했지만 이치카는 한동안 도쿄에 있게 해달라는 말만 반복했다.

사오리는 꽤 오랫동안 문 앞에서 버텼지만 이치카의 굳은 의지를 느꼈는지 다시 오겠다는 말을 남기고 떠났다.

옷장 속에서 무릎을 끌어안고 몸을 웅크린 채 이치카는 불안에 떨었다. 어떻게든 내일 콩쿠르에 출장은 할 수 있게 되었지만 이대로 도쿄에 남아 발레를 계속할 수는 없는 걸까.

히로시마 같은 곳에 돌아가고 싶지 않아.

신주쿠에 있고 싶어. 나기사와 함께 있고 싶어.

어떻게 되든 말든 아무래도 상관없을 때에는 이런 불안을 느껴 본 적이 없었다. 꼭 하고 싶은 일을 찾아내고 나면 이렇게 불안해지는 걸까.

그 후로 엄마는 어쩌고 있을까. 지금은 어디 있을까. 또 오겠다고 했는데, 언제 내 앞에 나타날까.

곰곰이 생각에 빠져 있는데, 접수를 마친 나기사가 불렀다. 언제 왔는지 나기사 옆에는 스위트피의 요코 마마, 아키나, 캔디의 모습이 있었다. 일부러 이치카를 응원하러 왔다고 했다.

미카가 다른 참가자들처럼 로비 한 구석에 진을 치고 이치카의 메이크업 준비를 시작하자, 마마 일행은 의욕적으로 메이크업에 나섰다.

"그렇게 하면 안 예뻐. 아이라인을 더 진하게 해야지."

안 그래도 눈에 띄는 세 사람이 이치카의 메이크업을 둘러싸고 감 놔라 배 놔라 하며 옥신각신 말다툼을 벌이자 주변의 시선이 더욱 모여들었다. 상황이 수습되지 않자 결국에는 "그냥 제가 할게요!"라며 미카가 나섰다. 혼이 난 세 사람은 이치카에게서 멀찌감치 쫓겨났다.

진한 무대용 화장을 한 이치카의 얼굴은 자신의 눈에도 꽤 어른스러워 보였다.

메이크업을 끝낸 이치카는 나기사, 마마 일행과 함께 예선을 구경하러 갔다.

발레 콩쿠르 장소는 구조가 독특했는데, 객석의 절반을 넘는 앞쪽 자리는 모두 비워져 있었다. 그곳은 다섯 명 정도 되는 심사위원을 위한 공간으로, 그 앞에는 아무도 앉을 수 없었다.

무대에서는 이치카보다 나이가 어린 그룹의 아이가 춤을 추고 있었다.

아직 발레 지식이 그리 많지 않은 이치카는 무슨 춤인지는 몰랐지만, 아이의 동작은 능숙했다. 이런 아이가 정말 하늘의 별만큼 있다면 미카 말대로 세계 무대에서 발레를 하기란 어려운 일이겠지. 미카에게 들을 때에는 상상만 하던 이야기가 현실로 눈앞에 다가오자 아프리만치 이해가 되었다.

옆에서는 마마가 아키나에게 속닥속닥 귓속말을 하고 있었다.

"다들 잘한다."

"응, 긴장돼."

"얘는, 네가 왜 긴장을 하니?"

마마가 아키나를 쿡 찔렀다.

"나 화장실."

이치카는 나기사에게 작은 소리로 말하고는 빠른 걸음으

로 화장실로 향했다.

곧 자기 차례인데 하나도 집중이 되지 않았다. 사오리가 머릿속에서 떠나지 않았다. 그뿐만이 아니라 처음 참가하는 콩쿠르에 이치카는 압도되었다. 머릿속 한켠에 내게는 재능이 없는 게 아닐까, 하는 생각이 피어올랐다. 그래서 미카 선생님도 이렇게 응원해 주는 거라고. 세상에는 재능 있는 사람이 이렇게 많다.

화장실에 틀어박혀, 이치카는 팔을 걷었다.

발레 교실에 다니는 걸 허락받은 후로 팔을 물어뜯는 행동이 거의 사라진 덕에 팔은 깨끗했다. 이치카는 입을 크게 벌리고 깨끗해진 팔 안쪽을 깨물었다. 일단 의상으로 가릴 수 있는 부분을 깨물어야 한다는 생각은 있었다. 팔뚝에 잇자국과 립스틱이 덕지덕지 묻었다. 모처럼 예쁘게 해준 화장을 고쳐야 할지도 모른다.

그러나 앙다문 이는 멈추지 않았다.

사오리가 나를 데리러 왔다.

히로시마에서 왔다.

그건 현실이었고, 나기사는 그 사실을 모른다. 어젯밤부터 몇 번이나 나기사에게 털어놓으려 했다. 그러나 도저히 할 수 없었다.

어쩌면 좋을지 갈피를 잡지 못한 채, 이치카는 엄마의 일을 홀로 가슴에 묻었다.

"이치카."

밖에서 들려오는 미카의 목소리에 이치카는 황급히 소매를 내리고 화장실을 나섰다. 미카는 웃으며 제 스마트폰을 건넸다. 망설이면서도 이치카는 스마트폰을 받아 귀에 댔다.

스마트폰에서 뜻밖의 목소리가 들려왔다.

"이치카?"

한동안 듣지 못했음에도 린의 목소리란 걸 바로 알았다.

"어? 린?"

"응. 오늘 콩쿠르지?"

"응."

"열심히 해."

전화를 걸어주었다는 사실이 기뻤다. 일부러 응원을 해준 것도 물론 기뻤지만 무엇보다 더는 들을 수 없으리라 여겼던 목소리를 들을 수 있어서 기뻤다.

전에 나기사가 좋아하는 사람 없냐고 물었을 때, 처음에 린의 얼굴이 떠올랐다. 린을 향한 감정이 무엇인지 몰랐다. 그러나 지금도, 목소리만 들어도 이렇게 무언가가 차올랐다.

"린은? 뭐 해?"

"아빠 회사 사람 결혼식에 왔어. 완전 지루해. 이치카는? 컨디션은 어때?"

"응……. 어제 엄마가 히로시마에서 왔어."

"돌아갈 거야?"

"가기 싫어."

린에게는 뭐든 말할 수 있었다. 더 이야기를 나누고 싶었다.

"콩쿠르에 집중해. 안 그럼 못 이겨."

"하지만……."

"하지만은 무슨. 넌 내 몫까지 발레를 해야만 한다고. 열심히 안 하면 화낼 거야."

살짝 거들먹거리는 익숙한 말투에, 이치카는 피식 웃었다.

"응. 열심히 할게."

"그래, 그래야 이치카지. 그럼 끊을게."

"잠깐만."

무심결에 그리 말했을 때, 전화는 이미 끊겨 있었다.

"린? 린?"

대답은 없었다.

조금 더 린이랑 이야기를 하고 싶었다. 용기를 얻고 싶었다.

이치카는 기다리고 있던 미카에게 스마트폰을 건넸다.

이치카의 손이 덜덜 떨리고 있었다.

린은 전화를 끊고 주위에 펼쳐진, 탁 트인 도쿄의 하늘을 올려다보았다.

그곳은 빌딩 옥상의 파티 공간이었다. 넓은 하늘을 볼 수 있다는 장점이 있었고, 그날은 멋드러진 파란 하늘이 펼쳐져 있었다. 린은 파티장 주위를 둘러싼 펜스에 다가가 멍하니 주변 풍경을 바라보았다. 눈이 닿는 곳마다 빌딩숲이 즐비했다. 그 빌딩숲 위에 펼쳐진 파란 하늘은 분명 널찍했지만 어딘가 답답해 보였다.

파티장에는 쓸데없이 너저분한 하트 모티브가 장식되어 있었다. 돈 깨나 들었을 텐데, 고리타분하고 촌스러웠다.

촌티 흐르는 파티를 세팅한 사람은 다름 아닌 아버지였다. 정장을 입은 아버지와 마치 부속품 같은 개를 안은 엄마는 복제된 듯 똑같은 미소로 와인을 마시고 있었다.

발레를 관둔 후로 부모와 교류가 사라졌다.

엄마는 발레 이야기를 하지 않게 됐다. 애당초 엄마와 접점은 발레뿐이었던지라 연결고리는 모두 사라진 셈이다.

가끔 학교에 가고, 마음 내키지 않을 때는 놀러 가고, 집에서는 잠만 잤다. 학교는 어땠냐는 질문도, 형식뿐인 대화도 사라졌다. 그런 생활이 이어졌다.

린은 매일 밤 별 의미 없는 불량 학생들과 놀았고, 별 의미 없는 남자랑 사귀며 첫 경험도 해보았지만 흥미가 생기지는 않았다.

아무것도 느낄 수가 없었다.

"린."

엄마가 불렀다.

"린이 많이 컸네. 전에는 요만했는데."

아버지 회사 관계자겠지.

린의 어릴 적 이야기를 하다가 개 이야기로 넘어갔다.

이 개 이름이 뭐였지? 린은 그 생각을 하며 어른들 무리에서 멀어졌다. 리리였나 클라라였나, 분명 그런 이름이었는데.

이치카는 벌써 춤을 췄을까?

아니면 아직 스트레칭을 하고 있으려나?

작은 콩쿠르라면 우승할 가능성도 충분하다. 마지막에 본 이치카의 발레는 그 정도로 놀라웠다.

부상으로 무대에 설 수 없는 건 분하지만 잘 생각해 보면 다행일지도 모른다.

내게는 재능이 없어.

발레는 돈만 가지고는 안 된다. 애당초 무용수 중에는 돈 많은 집 아이가 많다. 결국 재능이 없는 자는 밀려난다.

유학을 완강히 거부했던 이유는 스스로 그 사실을 알고 있었기 때문이다.

미카의 발레 교실을 계속 다닌 것도 그곳의 수준이 저에게 딱이라는 비겁한 생각에서였다. 처음부터 재능 따위는 없었다. 열심히 노력해서 작은 발레 교실에서 어찌어찌 최고가 되었을 뿐이다.

린은 주머니에서 스마트폰을 꺼내 폰에 매달린 이어폰을 귀에 꽂았다. 스마트폰에는 수많은 발레곡이 저장되어 있었다.

린은 〈할리퀴네이드〉 중 콜롬빈 바리에이션을 골라 재생했다.

콩쿠르에 나갈 거면 나와 같은 〈할리퀴네이드〉로 하자고 했던 말을 이치카는 기억하고 있을까.

언제였더라, 미카 선생님이 이 춤을 설명해 줬을 때를 떠올렸다.

밤이 되면 춤추는 인형들의 이야기.

그 이야기를 들었을 때 꼭 추고 싶다고 생각했다. 평소에는 자유롭지 않은 인형도 밤이 되면 자유로워질 수 있다. 마치 발레를 출 때의 나 같다고 생각했다. 린은 오직 춤을 출 때만 자유로웠다. 자유로웠는데…….

"여기! 이치카!"

요코 마마의 굵은 목소리가 대회장에 울려 퍼졌다.

"마마, 시끄러워."

아키나가 한마디 했을 때는 이미 늦은 후였다. 뒤쪽 객석에서 실소가 터져 나왔다.

심사는 조용한 분위기 속에서 담담하게 진행됐다. 표정 변화가 전혀 없는 심사위원의 모습은 어쩐지 섬뜩하기까지 했다.

가장 끝자리에서 무대를 바라보는 나기사의 심장은 금방이라도 터질 것만 같았다. 드디어 이치카의 순서였다.

"68번, 사쿠라다 이치카. 〈할리퀴네이드〉 중 콜롬빈 바리에이션."

안내방송이 울렸다.

심사위원들은 자세를 바로하고 무대에 신경을 집중했다.

곡이 흐르기 시작했다. 콜롬빈 바리에이션은 귀여운 춤이었다. 검정과 금빛 자수가 놓인 어른스러운 의상은 이치카와 나기사가 함께 골랐다. 춤추는 이치카는 꼭두각시 인형 같았다. 이치카는 입구에서 무대를 엿보는 듯한 동작과 함께 등장했다. 그 순간에 이미 관객은 매료당했다. 만 12세로는 보이지 않는 어른스러운 체형과 귀여운 안무 사이의 갭이 관객의 마음을 사로잡았다.

"저 애 좀 봐, 정말 잘한다."

객석의 관객들이 감탄하는 소리가 나기사의 귀에 들려왔다. 나기사는 의기양양해졌다.

"쟤 정말 이치카 맞아?"

마마 일행도 믿을 수 없다는 듯 속삭였다. 이치카는 무대

중앙에서 쉿, 하듯 검지손가락을 입술에 가져다 댔다.

인간에게 들키지 않게 조용히 해주세요.

장난스러운 듯한, 진짜 인형 같은 몸짓. 그 순간, 관객이 더 몰입하는 것이 공기로 느껴졌다. 이치카는 정말이지 즐겁게 스텝을 밟으며 빙글빙글 돌았다.

자유의 기쁨이 손끝마다, 발끝마다 넘쳐나고 있었다.

같은 시간, 린은 스마트폰에서 이어폰을 뺐다. 갑자기 파티장에 〈할리퀴네이드〉의 멜로디가 울려 퍼졌다.

하객들은 갑작스러운 음악에 술렁였으나, 린이 요정처럼 가벼운 발걸음으로 춤을 추자 저절로 조용해졌다.

린은 무대 위인 양 계속해서 춤을 추었다. 콩쿠르에서도 몇 번이나 추었던 곡이다. 발을 다쳤다는 사실도 잊을 만큼 생각대로 몸이 움직였다.

"그만하라고 해야 하지 않을까?"

앞으로 나서려는 아빠를 엄마가 괜찮다며 말렸다. 엄마는 기뻐 보였다.

처음에는 갑자기 춤을 추기 시작한 린을 의아한 얼굴로 바라보던 하객들도 차례로 린의 춤에 빠져들었다.

린은 정장 차림의 손님들 사이를 유영하듯 춤을 추었다.

인형도 이렇게 마음껏 움직일 수 있어.

린은 이렇게까지 자유롭게 춤을 춰 본 적이 없었다.

즐거웠다.

"굉장하군요."

"프로 같아요."

주변에서 감탄의 목소리가 터져 나왔다.

나는 다시 무대 위에 선 거야.

린은 발레리나의 얼굴을 하고 계속해서 춤을 추었다.

콩쿠르 대회장에서도 이치카의 춤이 클라이맥스를 맞이하고 있었다.

대회장 전체가 이치카의 춤에 빠져들었으며, 심사위원들도 자연스레 몸을 앞으로 내밀고 있었다. 예선 통과는 이미 걱정할 수준이 아니었다.

그리고 이치카는 마지막 포즈를 취했다.

포즈를 풀고 우아하게 인사를 하자, 대회장에 박수가 울려퍼졌다.

그 무렵 파티장에서는 린이 마지막 스텝을 밟고 있었다.

엄마, 봐. 나, 춤을 추고 있어.

엄마 앞을 가로지른 린이 춤을 추며 크게 뛰어올랐다.

마치 창공을 잡으려는 듯한 멋진 도약이었다.

그리고 린은 그대로 펜스를 뛰어넘어 하늘을 날았다.

모든 예선이 끝나고 로비에서는 수많은 참가자와 가족들이 응원과 격려의 시간을 보내고 있었다.

휴식 시간이 끝나면 드디어 결승이다. 나기사는 결승을 앞두고 이치카의 머리를 다시 묶어주고 있었다.

정식 발표는 아직이었으나 미카도 예선 통과는 따놓은 당상이라고 했다.

"이치카, 잘했어."

나기사는 이치카를 다정하게 바라보았다.

주위는 온통 이치카 이야기뿐이었다.

"봤어? 68번 애."

"완전 잘하더라. 우승 후보 아냐?"

나기사는 자랑스러웠다.

이치카의 꿈에 모든 걸 걸자.

더는 이치카를 위해 일을 하고 돈을 마련하는 게 희생이라는 생각이 들지 않았다. 이치카 덕분에 함께 꿈을 꿀 수 있게 되었다.

빛나는 이치카의 미래를 그리는 나기사의 머릿속에 한정된 기한에 대한 일은 이미 깨끗이 지워지고 없었다.

이치카는 무대 옆에 서 있었다.

〈백조의 호수〉의 오데트 의상을 입고, 머리에는 나기사에게 받은 깃털 장식을 썼다. 나기사의 깃털 장식을 무대에서 쓰고 싶다는 이야기를 했을 때, 나기사는 눈물을 흘리며 기뻐했다. 우는 거 아니라며 우기는 나기사의 얼굴을 보며 이치카는 이 곡을 고르길 잘했다고 생각했다.

하지만 지금은 아무리 지우고 지워도 그 선택을 후회하는 마음이 밀려들어 왔다.

미카는 심사위원들이 오데트를 특히나 엄한 시선으로 볼 거라고 몇 번이나 충고했다.

하지만 이치카는 그 말을 듣지 않았다. 어떻게든 할 수 있을 것 같았다. 왜 그렇게 생각했을까.

객석에서 험악한 표정을 짓고 있는 심사위원들을 보자 오금이 저렸다.

옆에서 미카도 전에 없이 굳은 표정을 짓고 있었다. 결승에서는 지도자도 무대 입구에 올라간다.

결승 무대 입구는 예선과는 비교도 되지 않을 정도의 긴장감이 드리워져 있었다.

이치카의 머릿속은 마구잡이로 뒤엉켜 혼란스러웠다.

필사적으로 괜찮다고 스스로에게 되뇌었으나 전혀 괜찮지 않았다.

"68번, 사쿠라다 이치카. 〈백조의 호수〉 2막 중 오데트 바리에이션."

안내방송이 들렸지만 이치카의 다리는 움직일 기미가 보이지 않았다. 마치 바닥에 들러붙은 듯했다.

무대 입구에 선 미카는 당황했다.

"이치카, 이치카."

작은 소리로 몇 번이나 부르고 나서야 이치카는 겨우 반응했다.

"한번만 더 부탁드립니다."

미카가 아나운서에게 머리를 조아리자 한번 더 안내방송이 흘러나왔다.

겨우 이치카가 무대에 등장했다. 포즈를 취하자, 음악이 흐르기 시작했다.

그러나 이치카는 춤추려 하지 않았다. 포즈를 취한 채 석상처럼 굳어 버렸다.

나기사는 곧바로 이치카의 변화를 알아챘다.

"이치카, 왜 안 추는 거야? 안무가 원래 이래? 나기사."

마마가 작은 목소리로 물으며 나기사의 팔을 흔들었다.

음악만이 울려 퍼지는 가운데 대회장의 술렁거림이 차츰 커졌다.

이윽고 음악이 중단됐다.

이치카는 포즈를 풀지도 못한 채 무대 위에 우두커니 서 있었다.

마음이 박살난 듯, 움직이지 않았다.

도와줘.

이치카는 무표정 그대로 마음속으로 외쳤다.

옛날에는 아무것도 가진 것이 없었다.

하지만 지금은 다르다.

무언가를 가지게 되면 잃게 되는 것이 두렵다.

잃고 싶지 않아.

누군가에게 도움을 청하고 싶었다.

이치카는 다시 한번, 마음속으로 외쳤다.

도와줘.

이치카는 누군가를 찾듯 대회장을 눈으로 훑었다.

"엄마……."

작은 목소리가 흘러나왔다.

그 목소리는 나기사의 귀에도 들렸다. 나기사는 순간적으로 움직일 수가 없었다.

엄마일 줄 알았다. 마지막에 부를 사람이 엄마일 줄은.

그럼에도 이치카를 지킬 사람은 나뿐이다. 무대로 향하려 몸을 일으키려던 나기사의 옆을 한 여자가 스치듯 지나갔다. 여자는 망설임 없이 무대로 기어 올라가 이치카를 끌어안았다.

사오리였다.

사오리임을 알아챈 이치카는 망연자실하게 사오리의 얼굴을 바라보았다. 그리고 사오리가 계속해서 부드럽게 머리를 쓰다듬어 주자, 무표정 그대로 눈물을 쏟았다.

"도와줘."

이치카는 사오리의 품에 얼굴을 묻었다. 사오리는 알을 품는 어미닭처럼 이치카의 몸을 감싸 안았다.

"너는 내 딸이야. 내가 지켜."

끌어안은 두 사람 곁으로 스태프가 난처한 표정을 지으며 다가섰다.

나기사는 조용히 자리에서 일어나 대회장을 나섰다.

9

확실히, 봄 내음이 난다.

약속한 카페에서 일부러 테라스 자리를 고르며 나기사는
생각했다.

바람은 아직 쌀쌀했다. 그러나 조금 환한, 햇살 같은 봄 내
음은 확실히 이미 풍겨오고 있었다.

이치카가 히로시마로 끌려간 지도 1년이 다 되어가고 있
었다.

사오리는 콩쿠르 날 들쳐 업듯 이치카를 데리고 히로시마
로 돌아가 버렸다. 이치카와의 연락은 사오리가 일절 차단했
다. 이치카의 짐도 택배로 보내라고 나기사의 엄마를 통해
전해왔다. 나기사가 무시하자 더는 그런 이야기도 하지 않았

다. 지금도 나기사의 방에는 이치카의 흔적이 남아있다.

그 후로 계속 콩쿠르 때의 일을 생각했다.

그날, 무대에서 서로 끌어안은 이치카와 사오리의 모습에 나기사는 큰 상처를 입었다. 제 자리를 빼앗긴 기분이었다. 이치카를 지킬 수 있는 사람은 오직 저 하나뿐이라 생각했는데, 이치카가 원한 이는 엄마였다.

나기사가 되고 싶다고 절망하며, 되지 못한 엄마…….

생각해 보면 내 자리를 빼앗긴 게 아니었다. 내가 사오리의 자리를 빼앗으려 한 것이었다. 이치카의, 엄마가, 되려 했다.

이치카를 위해서, 이치카를 위해서라 여기며 악착같이 노력했다고 생각했으나, 결국 모두 자기 자신을 위해서였다.

이치카가 사라지자 지출은 줄었지만 나기사는 여전히 도린 일도, 스위트피의 접객과 쇼도 계속했다. 일이라도 하면서 억지로 밖에 나가 몸을 움직이지 않으면 금방이라도 무너질 것만 같았다.

이치카뿐만 아니라, 일을 하며 알게 된 사람들과도 꽤 많은 헤어짐을 겪게 되었다. 어느 쪽이든 사람이 자주 바뀌는 일이었다. 서로 깊이 터놓지는 않고 편안한 관계를 쌓아가던 준야도 다른 현장으로 이동했다.

주변 사람이 바뀌어도 일상은 계속된다. 누군가 빠진 구멍은 언제 그곳에 구멍이 있었는지도 모를 만큼 정교하게 메워

진다.

그러나 이치카가 남긴 구멍은 아무리 시간이 지나도 메워지지 않았다.

"잘 지내는 것 같네."

고개를 들자 미즈키의 모습이 보였다. 미즈키와는 최근 연락이 닿으면서 다시 만나게 되었다.

다시 만났을 때 미즈키의 눈은 나기사가 잘 알고 있던 예전의 눈으로 돌아와 있었다.

"너야말로."

진심에서 우러나온 말이었다.

미즈키는 그 사건 이후 인생의 큰 전환점을 맞이했다.

"어때, 바빠?"

"응, 그럭저럭. 선거 사무소도 차렸어."

미즈키는 회사 사장인 애인과 헤어지고 행정사 자격증을 따 사무소도 설립했다.

일련의 소동을 거치며 미즈키는 커다란 목표를 세웠다.

정치인이 될 거야.

미즈키는 그렇게 선언하고 맹렬히 공부하기 시작했다. 그리고 지금은 행정사로 활동하며 구의원 입후보를 준비 중이었다.

"하지만 정말 정치인이 되다니."

나기사가 미소를 지었다. 미즈키도 스위트피에서 나눈 대화를 떠올렸는지 피식 웃었다. 미즈키라면 정말로 스위트피 혁명을 일으켜줄지도 모른다. 나기사가 전에 양복점에서 산 싸구려 정장과는 다른, 잘 만들어진 정장을 입은 미즈키는 완전히 잘나가는 여자 의원처럼 보였다.

"아직 된다고 정해진 것도 아닌걸."

"하지만 미즈키라면 할 수 있어."

미즈키가 정치인이 된다면 다양한 부분을 개혁해 주기 바랐다. 최근에는 수많은 트랜스젠더 정치인이 나오고 있다. 혁명을 계속해 언젠가는 일부러 트랜스젠더라고 말할 필요도 없을 정도의 세상이 되었으면.

"자, 이거."

미즈키는 가방에서 봉투를 꺼냈다.

"천천히 줘도 되는데."

"아니야. 확인해 봐."

나기사는 봉투 속 금액을 확인했다. 미즈키에게 빌려주었던 돈은 이로써 모두 다 받았다.

"드디어 가는구나."

미즈키의 말에 나기사는 끄덕였다. 이제 나기사는 태국으로 간다. 물론 성전환 수술을 받기 위해서다.

요 1년 동안 필사적으로 일했다. 도린과 스위트피 일 외에도 휴일에는 경비원 아르바이트까지 했다. 외식도 일절 않고 식비도 절약하며 자금을 모았다. 그리고 미즈키가 갚은 돈까지 포함해 겨우 목표했던 500만 엔을 채웠다.

"드디어 가는구나. 예약은 다 했어?"

"예산이 빠듯해서 어느 정도는 직접 하려고."

태국에서는 저렴한 숙박 업체를 직접 예약하기로 했다.

일반적으로 SRS는 호텔 등도 포함한 패키지 상품이 많았는데, 예산이 빠듯한 나기사는 모두 직접 해야만 했다.

"힘내."

나기사를 가볍게 포옹한 다음, 미즈키는 자리를 떴다.

남겨진 나기사는 지갑에서 이치카의 사진을 꺼내 바라보았다. 콩쿠르 예선 때 사진이었다. 미카에게 부탁해 받은 사진이다.

1년간 필사적으로 일하면서 나기사의 머릿속을 맴도는 생각이 있었다.

그때 이치카가 찾은 사람은 누구였을까.

이치카가 '엄마'라고 부른 사람은 누구였을까.

처음에는 그저 자기 좋을 대로 했던 망상이었다. 그러나 매일같이 그날의 일을 떠올리는 사이에 그 망상은 확신으로 바뀌어 갔다.

나기사를 불렀던 거라고.

수술이 끝나면 바로 일본으로 돌아오자.

그리고 데리러 가자.

내 딸을.

이치카는 욕실에서 제 팔을 타고 흐르는 피가 개수구로 흘러가는 모습을 무표정하게 바라보았다.

히로시마에 돌아온 뒤의 일은 거의 기억에 없었다.

생각하지 않는 게 가장 편했다.

조금이라도 도쿄가 생각날 것 같으면 팔을 세게 물었다. 요즘은 무는 걸로 부족해 커터칼로 팔을 긋기도 했다.

오늘은 린이 떠올라 팔에 칼을 대었다.

린이 빌딩 옥상에서 뛰어내렸다는 사실을 알게 된 것은 시간이 꽤 흐른 후였다. 콩쿠르 대회장에서 곧장 억지로 히로시마로 끌려온 탓에 누구하고도 이야기를 나눌 수가 없었다.

린은 빌딩 옥상에서 이치카와 같은 〈할리퀴네이드〉를 춘 다음 뛰어내렸다고 했다.

이치카는 자기가 세상에서 가장 불행한 발레리나인 줄 알았지만, 틀린 생각이었다.

그런 생각을 하다 보니 커터칼을 손에 쥐고 있었다.

나기사와 린을 생각하지 않는 날이 없었다. 그러나 도쿄에 가는 건 물론이거니와 도쿄에서 만난 사람들과 연락을 나누는 것조차도 사오리에게 금지당했다. 감시도 심했다.

감시의 눈을 피해 어떻게든 나기사에게 전화를 걸었지만 받지 않았다. 겨우 연결된 사람은 미카 선생님이었다. 그리고 미카 선생님에게서 린의 일을 들었다.

전화한 사실을 사오리가 곧바로 알아차리는 통에 감시는 더 심해졌다.

전화가 막혀 스위트피 홈페이지에 있던 메일 주소로 나기사에게 메일을 보냈지만 그것도 들켰고, 이번에는 동요한 사오리가 자살 소동을 일으켰다. 쇼라는 걸 알았지만 나기사에게 연락을 취하려는 노력은 그만두었다. 제 주위에서 누군가가 죽을지도 모른다는 생각만으로도 진절머리가 났다.

이치카가 자신에게서 멀어지는 건 아닌가 하는 불안 때문에 비정상적으로 속박하긴 했어도, 사오리는 본인 말대로 확실히 다시 태어난 듯했다. 고집스러운 성격은 변함없었지만 술도 딱 끊고 파트타임 일도 성실하게 하며 이치카를 돌보았다. 전직 폭주족이었다던 새 남자친구도 생겨 행복한 듯했다.

사오리는 속죄의 마음 때문인지 먹고 싶은 음식이나 갖고 싶은 물건을 자주 물어보며 이치카에게 관심을 쏟았다. 그러나 발레는 나기사와의 만남만큼이나 철저히 금지했다.

사오리는 발레를 끔찍이 싫어했다.

"그딴 거 아무 쓸데도 없어."

사오리는 입버릇처럼 저 말을 입에 달고 살았다.

이치카는 일말의 희망을 품고 전에 배웠던 길렘 선생님의 공원에도 발걸음을 해보았지만 그의 모습은 보이지 않았다. 마지막에는 생각 끝에 옛날에 경찰관이 길렘 선생님을 데리고 갔던 공원 근처 집에도 들러봤지만, 그곳은 젊은 부부의 집이 되어 있었다.

죽었네, 스위스로 돌아갔네 하는 소문만 무성했다.

할 수 없이 옛날처럼 공원 철봉에서 남몰래 연습을 했지만 지금은 그만두었다. 세상은 좁다. 공원에서 발레 연습을 한다는 소문이 동네에 퍼지기라도 하면 사오리가 어떤 소동을 벌일지 상상만으로도 두려웠다.

지금은 벤 팔에서 흐르는 피를 볼 때만 짧게나마 생명을 느낄 수 있었다.

"이치카! 있니?"

요란한 경적이 울렸다. 이치카의 친구들이었다.

이치카는 요 1년 사이 더 자라, 마치 모델 같은 체형이 되어 있었다. 여전히 무표정했고 말이 없었지만 이치카와 친해지려는 아이들이 남녀 할 것 없이 여기저기서 모여들었다. 도쿄에서 모델을 했네, 댄스 보컬 그룹의 백댄서였네 등등 근거 없는 소문까지 나돌았고, 이치카가 그 소문을 부정하지 않은 탓에 어느 샌가 친구들 사이에서 특별한 존재로 떠받들어졌다.

"애들 다 모였는데, 이치카도 가자."

창문으로 내다보니 요즘 유달리 친한 척하는 같은 학년 여자애가 손을 휘휘 흔들고 있었다. 남자친구인 듯한 금발 남자의 스쿠터 뒤에 타고 있었다. 이치카는 살짝 고개를 끄덕이고 거울을 들여다보지도 않은 채 가까이 있던 겉옷을 집어 들고 밖으로 나섰다.

그 여자아이에 대해서는 별생각이 없었지만, 이치카는 부르면 놀러 나갔다. 발레와 나기사에 관련된 일만 아니라면 사오리는 크게 간섭하지 않았다. 발레를 할 바에야 날라리가 되는 게 낫다고 여기고 있겠지.

"나갔다 올게."

짜증스런 얼굴로 나서는 딸을 보고 사오리는 고개를 끄덕였다.

후우, 사오리가 조심스럽게 숨을 내뱉었다.

이치카가 집에 있을 때는 늘 긴장 상태다. 이치카보다도 빨리 전화를 받기 위해서다.

이치카에게는 일절 말해줄 마음도 없지만, 지금도 미카에게서 자주 연락이 온다.

"부탁드립니다. 이치카는 세계 무대에 나갈 수 있는 재능이 있어요."

"난 발레가 정말 싫어요. 그런 거 해봐야 무슨 득이 된다고."

"하지만…… 한번만 추는 모습을 보시면…….."

미카는 매번 끈질기게 매달렸다.

사오리는 이치카가 춤추는 모습을 본 적이 없다. 콩쿠르 대회장에 간 이유는 이치카를 데려오기 위해서였다. 이치카가 말한 콩쿠르 정보로 대회장을 특정했고, 도착했을 때는 이미 결승이 시작된 후였다.

그러나 사오리는 결승에서 본 이치카의 모습만으로 충분했다.

홀로 무대에 남겨져 도움을 청하는 이치카의 모습을 보고 더 이상 발레를 시키지 않겠다고 다짐했다. 발레를 못 하게 하는 게 이치카를 위한 길이라고 누군가에게 변명하듯 사오리는 생각했다.

그러나 사실은 사오리도 알고 있었다. 사오리는 발레가 무서웠다.

이치카를 도쿄 정도가 아니라 아예 다른 나라로 데려가 버릴 것만 같은 발레를 가까이 하게 하고 싶지 않았다.

이치카는 히로시마에서 어른이 되어 결혼을 하고 평생을

살아갈 것이다. 나랑 똑같이, 내 곁에서.

지금 거세게 반발하는 이유는 사춘기라서 그렇다고 사오리는 생각했다.

자기만 해도 그랬다. 부모를 향한 반발심에 나쁜 친구와 어울리기도 하고 나쁜 짓도 했다. 하지만 지금은 착실하게 일하며 아이를 키우고 있다. 누구든지 그런 사춘기 시절은 있는 법이다.

왜 상관도 없는 사람들이 제 등 너머로 손을 뻗어 이치카에게 간섭하는지, 이해할 수 없었다.

겨우 화를 누르고 마음의 평안을 되찾았나 싶었는데, 스마트폰이 울렸다.

화면을 보니 나기사의 엄마인 가즈코의 전화였다.

다들 모였다며 같은 학년 여자애의 손에 끌려 따라간 곳은 편의점이었다. 도쿄에서도 이곳 히로시마에서도 애들이 모일만한 곳은 편의점 정도였다. 돈도 안 들고, 밤에도 환하다. 허세 충만한 남자애들은 거슬린다는 듯 얼굴을 찡그리는 손님에게 시비를 거는 둥, 마치 제가 이곳의 주인이라도 되는 양 거들먹거렸다.

입구와 닿을락 말락 세워둔 화려한 흰색 스쿠터에서는 큰소리의 음악이 흘러나오고 있었다. 사오리가 일하던 업소에서 흘러나오던, 이치카가 싫어하는 댄스 뮤직. 사오리는 지금도 여전히 자주 들었다. 이치카는 클래식을 듣고 싶었지만 발레와 연관된 음악은 모조리 사오리가 금지했다.

이치카를 데리러 왔던 별로 친하지도 않은 동년배 아이는 이치카 옆에 자리를 잡고 묘하게 허물없는 말투로 끊임없이 말을 이었다.

"그래서 그 옷이 너무 귀여운 거야. 그런데 난 돈이 없고. 하지만 그 옷이 없으면 남자친구도 못 만날 것 같고, 어떻게 해야 좋을까?"

진심으로 아무래도 상관없었다. 대답할 마음이 없는 이치카의 반응에도 아랑곳 않고 그 아이는 계속 떠들었다.

편의점 주위로는 온통 논이 펼쳐져 있었다. 낮에도 소음이랑은 거리가 먼 곳이었다. 동년배 아이의 말소리는 다른 소리에 묻히는 일 없이 널리널리 퍼져나갈 것만 같았다.

이곳이 신주쿠였다면, 하고 이치카는 생각했다.

이치카는 가부키초의 소음이 좋았다. 그 거리의 소음은 그냥 시끄럽기만 한 게 아니었다. 다양한 인생의 음이 어지러이 뒤섞인, 묘하게 안심이 되는 소리였다. 번화가의 한가운데에서 음악도 틀지 않은 채 연습할 때는 소음이 클래식으로 들린 적도 있었다.

"이치카도 다음에 옷 사러 가자."

"관심 없어."

동년배 아이에게 오늘 처음 내뱉은 말이었다. 그리고 더 말할 일도 없을 것이다.

"이치카는 좋겠다, 뭘 입어도 어울려서."

관심 없다는 말 한마디를 들었을 뿐인데, 그 아이는 마치 친구라고 인정이라도 받은 양 들떠 있었다.

잠시 후, 한 대의 차가 다가왔다. 명품에 차체가 낮은 화려한 차였다.

"누구지?"

이치카의 친구들이 술렁이는 가운데, 작업복 차림의 사내가 차에서 내렸다. 사오리의 새 남자친구였다.

"엄마가 부른다. 가자."

남자가 이치카의 팔을 잡자마자 친구들이 빙 둘러쌌다.

"뭐야. 당신 누구야?"

친구들은 허세를 부리며 위협했지만, 남자에게 순식간에 걷어차였다.

"거슬린다, 꺼져!"

이치카는 연하에 폭주족 리더였다며 새 남자친구를 자랑하던 사오리의 말을 떠올렸다.

"어디 가는데?"

남자의 차에 얻어 타 안전벨트를 꽉 매며 이치카가 물었다.

256

"몰라. 네 엄마가 할머니 댁으로 데려오라던데."

할머니 집이라 하면 이치카에게는 증조할머니네 집이다. 낡았지만 널찍한 집에 증조할머니와 사오리의 엄마 그리고 나기사의 엄마가 살고 있다. 증조할머니는 연세가 많고 사오리의 엄마는 병을 앓고 있어 나기사의 엄마가 홀로 수발을 들고 있었다.

목적지를 묻기는 했지만 사실은 아무래도 상관없었다.

길을 따라 펼쳐진 논은 한없이 길게 이어져 마치 차가 멈춰 있는 건 아닌가 하는 착각이 들었다. 기분 좋은 차의 엔진음을 들으며 이치카는 빨리 집에 가고 싶다고 생각했다. 빨리 혼자가 되어 붉은 피를 봐야만 살아있다는 느낌이 들 것 같았다.

나기사는 태국에서 수술이 끝나자마자 회복 기간도 대강 넘기고 바로 귀국했다. 그리고 곧장 고향인 히로시마로 향했다.

수술을 막 끝마친 몸으로 강행군을 한 탓에 나기사는 무거운 피로를 느꼈으나 한시라도 빨리 이치카의 얼굴을 보고 싶은 마음이 그보다 앞섰다.

고향 땅을 밟는 게 대체 몇 년 만인가.

다시는 돌아올 생각이 없었다.

이곳 시골 마을의 풍경을 보자 가슴이 조여 들었다. 마치 타임캡슐이라도 연 듯 그때 당시의 기분이 되살아났다. 성인으로서 제 인생을 확실하게 살아왔는데, 불안에 떨며 엄마의 눈치만 살피던 아이로 돌아가 버린 것만 같았다.

본가에는 사전에 방문하겠다고 연락해 두었다.

이치카를 신주쿠에 데려가겠다는 말도.

본가는 기억 그대로였다. 물론 외벽 같은 곳은 꽤나 색이 바랬지만 아직 충분히 위압적이었다.

본가 앞에 서서 벨을 눌렀다.

문을 연 가즈코는 처음에는 누가 왔나 하고 나기사를 의아하게 바라보았으나, 개성 강한 생김새에 바로 자기 자식임을 알아챘다. 가즈코는 큰 충격에 비틀거리며 바닥에 주저앉았다. 다리에 힘이 풀려 망연자실해 하고 있는 가즈코를 거의 둘러업다시피 안고 거실로 향했다.

그곳에는 이미 가즈코의 이야기를 들은 듯한 사오리가 있었다. 사오리도 여자가 된 후의 나기사는 처음 봤을 터인데도 전혀 미동하는 기색도 없이 위협적인 눈으로 나기사를 노려보았다. 사오리도 결판을 낼 셈인듯 싶었다.

"겐지, 그 꼴이 뭐니……?"

겨우 정신을 차린 가즈코가 물었다. 나기사는 제 모습을 보았다. 검은 원피스는 시크했고 붉은 매니큐어와 립스틱은 아주 잘 어울렸다. 아무 문제없는 차림이었다. 그렇게 말하고 싶었지만 아마 엄마는 이해하지 못하겠지.

"나는 몸은 남자지만 마음은 여자야, 엄마. 어쩌다 남자로 태어났을 뿐이지."

나기사는 방석에 단정하게 앉아 가즈코를 마주 보고 자신이 트렌스젠더임을 설명했다. 그러나 가즈코는 전혀 이해하지 못했다. 애당초 이해하려는 자세가 아니었다. 그저 몸을 뒤로 빼고 무서운 것이라도 본 양 나기사를 힐끔거렸다.

빨리 이치카를 데리고 도쿄로 돌아가고 싶었다. 그러기 위해서는 자신이 여자이며 이치카의 엄마가 될 수 있다는 점을 엄마에게 이해시켜야만 했다.

나기사는 진지하게 믿고 있었다. 고독했던 1년 간, 나기사의 가슴속에 싹튼 시나리오는 크게 자라나 있었다. 때문에 진지하게, 열심히, 끈기 있게 설명을 이어나갔다.

사오리는 그 모습을 무표정하게 바라보았다. 표정을 지우자 이치카를 빼다 박은 듯한 모습에, 나기사는 괴로워졌다.

"제발 부탁이다. 병원에 가서 치료를 받자. 응, 겐지?"

가즈코가 애원하듯 말했다. 나기사의 말은 무엇 하나 가즈코에게 가닿지 않은 듯했다.

"엄마, 나는 아픈 게 아니야. 그러니까 치료받을 게 없어."

나기사의 말에 가즈코는 울음을 터뜨리며 주저앉았다.

나기사는 깊은 한숨을 쉬었다. 엄마의 이해는 구할 수 없을 것 같았다. 애당초 엄마가 이해해줄 리 없었다. 순정만화를 버렸던 엄마가.

나는 이미 이곳에는 없는 사람이다. 겐지가 아니게 되면서 동시에 나는 엄마 자식도 아니게 되어버렸다.

나기사는 본가에 온 것을 조금 후회했다.

확실히 매듭을 짓겠다는 생각을 하지 말았어야 했는지도 모른다. 이치카 앞에 불쑥 나타나 사랑의 도피라도 하듯 데려가는 게 나았을지도 모른다.

하지만 그렇게 하면 또 사오리가 빼앗으러 오겠지.

사오리하고는 결판을 지어야만 했다.

나기사는 사오리를 물끄러미 바라보았다. 사오리도 눈을 피하지 않고 나기사를 노려보았다.

자동차 엔진음이 들려왔다.

"데려왔네."

들어온 사람은 낯선 남자였다. 사오리가 남자에게 짧게 인사를 건넸다.

남자에 환장한 년. 나기사는 속으로 사오리를 욕했다. 분명 사오리의 새 남자임에 틀림없겠지.

나기사는 사오리의 처지를 동정하고 공감했던 사실을 까맣게 잊었다. 나기사 안에서 사오리는 학대하는 못된 엄마로 박제된 채였다. 그래야만 나기사가 이치카를 지켜준다는 시나리오가 성립된다.

남자의 뒤를 이어 이치카가 모습을 드러냈다. 거실 입구에 서 있는 이치카를 보는 것만으로도 눈물이 쏟아졌다.

콩쿠르 때부터 대체 얼마나 지났을까?

하루도 이치카를 생각하지 않은 날이 없었다.

이치카 또한 오랜만에 나기사를 보고 눈물을 지었다. 나기사는 다른 사람처럼 변해있었다. 억지로 화장을 하긴 했지만 바싹 말라 야윈 얼굴은 마치 환자 같았다. 파운데이션으로 감추긴 했으나 그래도 한눈에 알아볼 수 있을 만큼 안색이 나빴다.

붉은 립스틱과 매니큐어는 나기사의 상징적인 색이었지만, 너무 강렬한 나머지 조화를 이루지 못하고 애처롭게 겉돌았다.

이치카는 나기사에게 다가갔다. 나기사는 이치카의 얼굴을 물끄러미 바라보았다.

일이 있다며 쪼르르 가버린 남자는 더 이상 안중에도 없었다.

훌쩍 자란 이치카는 더 예뻐져 있었다. 달걀처럼 매끈하고 자그마한 얼굴에 쭉 뻗은 긴 목, 한참 위쪽에 자리한 허리에서부터 곧게 뻗은 다리, 날씬한 팔. 정말이지 발레리나가 되기 위해 태어난 것만 같다고 나기사는 생각했다.

"널 데리러 왔댄다."

사오리가 조롱하듯 옅은 웃음을 띠며 말했다.

"이치카, 가자."

나기사가 몸을 일으키며 이치카의 손을 잡았다.

"네가 뭔데 나서? 이치카는 내 딸이야!"

격분한 사오리가 둘이 잡은 손을 떼어내려 했으나, 나기사에게는 이미 사오리도 안중에 없었다.

"넌 이런 곳에 있으면 안 돼, 춤을 춰야 해."

이치카를 한시라도 빨리 이 마을에서 데리고 나가 발레의 세계에 돌려보내야만 한다. 그것이 제가 완수해야 할 사명이라고 생각했다. 자신은 그 숙명을 위해 태어난 것이라고.

"이 변태 새끼가 뭐라는 거야!"

"가자, 이치카."

이치카의 팔을 잡은 나기사는 위화감을 느끼고 소매를 확 젖혔다. 몇 군데 자해를 한 흔적을 발견한 순간, 나기사는 눈물과 함께 극심한 분노에 휩싸였다. 사오리를 향한 분노와, 이치카를 지켜주지 못했던 자신을 향한 분노.

"이래서는…… 발레복을 입을 수가 없잖아……."

팔이 상처투성이인 발레리나 이야기는 들어본 적이 없다.

나기사는 울며 이치카의 팔을 살며시 어루만졌다. 그리고 세차게 끌어안았다.

"괜찮아, 괜찮아."

이치카도 나기사를 끌어안았다.

"응."

그 모습을 보고 있던 사오리가 새빨개진 얼굴로 두 사람 사이에 파고들었다.

"이치카, 괜찮아. 넌 이 엄마가 지켜줄게."

그러나 나기사는 이치카를 굳게 끌어안은 채 놓지 않았다. 사오리는 잽싸게 나기사의 등 뒤로 돌아가 나기사를 끌어안고 꼼짝 못 하게 조였다.

제대로 치료를 받지 못해 기력이 쇠한 나기사는 맥없이 내동댕이쳐졌다.

"나도 죽을힘을 다해 이 아이를 지키고 있단 말이야! 혼자 애를 키우는 게 얼마나 힘든 일인지 네가 알아?"

"네가 언제 이치카를 지켜줬어! 애 팔을 이 지경으로 만들어 놓고! 생각이 있는 거야, 없는 거야?"

나기사는 분을 참지 못하고 사오리를 때렸다. 불량배 시절 매일같이 싸우고 다녔던 사오리는 주저 없이 나기사의 머리채를 붙잡았다. 순간 가발이 스륵 벗겨졌다.

가즈코가 혼란스러운 듯 짧은 머리의 나기사와 긴 머리 가발을 번갈아가며 쳐다보았다.

사오리는 가발을 집어던지고 나기사에게 달려들었다. 두 사람이 뒤엉키며 거실은 아수라장이 되었다. 이치카와 가즈코는 어쩔 줄 몰라 하며 그저 서 있었다. 화가 머리 꼭대기까지 치솟은 두 사람의 싸움은 점점 더 격렬해졌다.

나기사는 사오리에게서 물러나 이치카의 손을 잡으려 했다. 바로 낌새를 눈치챈 사오리는 나기사의 뒷덜미를 잡고는 바닥에 던지듯 내동댕이쳤다.

"이 변태 같은 놈이!"

나기사가 쓰러지고, 거의 동시에 옷이 찢어지는 소리가 났다.

나기사의 상의가 찢어지며 가슴이 그대로 드러났다. 누가 봐도 봉긋한 몽우리에 모두가 시선을 빼앗겼다.

사오리는 이치카를 제 등 뒤로 숨기며 나기사를 경멸 어린 시선으로 바라보았다.

이치카는 혼란스러운 듯, 당황스러운 듯한 표정으로 굳어져 있었다.

"이 괴물…… 당장 꺼져."

사오리가 무표정하게 내뱉었다. 사오리의 말은 나기사에게 전혀 상처가 되지 않았다. 그보다도 이치카의 표정이 충격이었다.

기뻐해 줄 거라고, 그렇게 믿었기 때문이다.

나기사는 천천히 몸을 일으켜 가슴을 가리고 이치카 앞에 섰다.

"이치카…… 난 이제 여자라서 엄마도 될 수 있어. 이치카의 엄마가 될 수 있어."

나기사는 조용히 말했다. 그러나 이치카는 당장이라도 울음을 터뜨릴 것 같은 당황한 표정만 지을 뿐이었다.

나기사는 눈에 새기듯 이치카를 바라보고는 억지로 생긋 웃었다. 그리고 아직 망연자실해하고 있는 엄마 가즈코를 짧게 끌어안았다.

안녕, 엄마. 부디 건강하세요.

다시는 이 마을에 발을 들일 일은 없으리라.

붉은 하이힐을 신고, 겉옷으로 찢어진 가슴팍을 가리며 나기사는 집을 나섰다.

이치카가 쫓아오는 듯한 느낌이 들었지만, 기분 탓이었다.

나기사는 논길을 홀로 걸었다.

수술 전부터 쌓인 피로가 훅 몰려들어 당장이라도 쓰러질 것 같았지만, 젖 먹던 힘까지 다해 계속 걸었다.

도쿄에 돌아온 나기사는 칩거하기 시작했다. 편의점에 물건을 사러 갈 때나 집을 나설 뿐, 바로 돌아와 아무 생각 없이 그저 자고 깼다가 다시 잠들기만을 반복했다.

옷장 속 이불도 이치카가 쓰던 식기도 아직 그대로 남아 있었다. 지금도 눈을 감으면 이치카가 그곳에 있는 것 같았다.

인기척에 황급히 눈을 떴지만, 아무도 없었다.

그런 생활을 한 달이나 지속하자, 더는 무언가를 할 의욕이 사라지고 없었다.

스위트피 마마의 전화를 받기도 무서워 자동응답기로 돌렸더니 더는 전화가 오지 않았다. 원래는 수술 후에 정기적으로 케어를 받아야 했지만 그것도 별반 상관없는 일처럼 느껴졌다.

이제는 됐어. 어차피 꿈은 이루어지지 않아.

여자가 되는 것이 꿈이었다. 여자가 되어 엄마가 되고 싶었다. 다른 누구도 아닌 이치카의 엄마가 되고 싶었다.

10

나기사가 히로시마에 다녀간 날로부터 1년이 지났다.

그날은 중학교 졸업식이었다.

식에 참석하기 위해 몸단장을 하며 사오리는 그날의 일을 떠올리고 있었다.

그날 이치카는 나기사를 쫓아가려 했다.

자기를 버리고 나기사를 택하려 했다고 생각하지는 않는다. 홀로 터벅터벅 걷는 모습이 너무나 안쓰러운 나머지 살짝 토닥여 주려 했겠지.

그러나 이치카가 나기사 곁으로 가버리는 건 아닐까 하는 공포는 거세지기만 해, 사오리는 더욱 감시를 강화하고 나기사와 조금이라도 연관된 것이라면 일체 접촉을 금했다.

그러나 그 후로 이치카는 그 누구와도 일절 말을 섞지 않게 되었다. 애당초 말수가 적은 아이라 기분 탓이겠거니 하고 넘기려 했지만, 무리였다. 문득 깨닫고 보니 이치카는 완전히 마음을 닫은 채 사오리를 포함한 온 세상을 자기 안에서 내쫓아 버렸다. 분하게도 나기사의 말을 듣기 전까지는 전혀 깨닫지 못했던 이치카의 팔목 상처도 무서우리만치 점점 늘어만 갔다.

이대로는 애가 죽는다.

견디다 못한 사오리는 나기사 접촉 금지 규칙에 하나의 조건을 내세웠다.

"중학교를 제대로 졸업하면 만나도 돼."

두 번 다시 만나게 해줄 생각은 없었으나 이치카를 잃을 수는 없었다. 게다가 중학교 졸업은 아직 멀었다. 그 정도 기간이면 나기사를 잊겠지 싶었다.

사오리는 꽤 많이 양보했다 여겼으나, 이치카는 조건을 더 걸었다.

"그 대신 발레를 계속하게 해줘."

사오리는 고민 끝에 그 조건을 수락했다. 그렇게 하고 싶다면 시켜주는 게 이치카의 마음을 달래는 길이라고 생각했다. 이치카의 팔에 더 이상 상처를 늘리고 싶지 않았다.

게다가 나기사의 존재도 발레를 허락한 이유 중의 하나

였다.

나기사는 이치카에게 발레를 시켜주려 했다. 그런데 내가 발레를 못 하게 하면 이치카는 어떻게 생각할까. 나기사를 자기편이라 생각하지 않을까. 그런 일차원적인 계산도 있었다.

그리고 약속 기한인 졸업식 날이 다가왔다.

이치카는 약속대로 나기사와 아무 연락을 않고 지냈다.

중학교에서도 친구를 사귀고 발레와 학교 생활을 잘 양립했다.

사오리는 그런 이치카가 자랑스러웠다.

"그나저나 시간 참 빠르네요, 중학생이 된 게 엊그제 같은데 벌써 졸업이라니."

풍채 좋은 동급생 어머니가 깔깔 웃었다. 화려한 정장 차림의 사오리도 맞장구치듯 웃었다.

"그러게 말이에요."

성질 급하고 고집스러운 사오리는 분위기 파악도, 장단 맞추기도 서툴러 다른 엄마들과 친목을 쌓는 자리를 계속 피했으나 나기사 사건 이후로는 어떤 모임이든 꼭 얼굴을 내밀었다.

엄마는 나야.

나기사를 향한 격한 질투의 감정은, 이치카에게 조금이라도 좋은 엄마이고 싶다는 원동력이 되었다.

"사오리 씨 댁 이치카도 정말이지 너무 예뻐서 부러워요, 모델 같아."

"아유, 아니에요."

겸손을 떨었지만 부모인 제가 봐도 이치카는 아름답게 자랐다.

발레를 계속한 덕인지 키도 컸고, 팔다리도 같이 쑥쑥 길어졌다.

발레를 계속 시키길 잘했어.

사오리의 생각은 180도 달라져 있었다.

"사쿠라다 이치카."

단상에서 졸업증명서를 받는 이치카의 모습을 보자 눈에 눈물이 고였다.

이치카는 앞으로 몇 년만 더 지나면 자신이 이치카를 낳았을 때와 같은 나이가 된다.

부모와 세상에 반발만 하며 별 볼 일 없는 인생을 살아온 저와는 달리 이치카는 이 마을을 떠나겠지. 반은 체념한 듯 사오리는 생각했다.

발레를 계속하겠다는 건 허락했지만 사오리는 여전히 발레가 싫었다. 그러나 딱 한 번, 이치카가 도쿄의 꽤 큰 콩쿠르에 나갈 때, 사오리도 동행한 적이 있었다. 장소가 도쿄라서 나기사랑 만나려는 것은 아닌가 하는 걱정에 불안하기 짝이 없었기 때문이다.

처음 본 이치카의 춤은 비전문가가 봐도 마음 속 깊은 곳이 떨리는 듯한 경이로움이 존재했다.

그때 사오리는 각오했다. 아무리 높은 벽을 쳐봐야 날개를 가진 자에게는 의미가 없다고.

교장선생님의 쓸데없는 이야기는 어느 시대건 변함이 없다고 생각하는 사이, 이치카의 중학교 생활 마지막 날이 끝났다.

"이치카, 졸업 축하해."

식이 끝난 후, 교문 밖으로 함께 나서며 사오리가 말했다.

"고마워."

이치카는 수줍게 웃었다. 요즘은 표정이 다시 부드러워졌다. 사오리는 그 미소를 바라보며 지난 1년 동안의 육아 성적표를 받아든 것만 같았다.

"얘, 이치카! 조금 이따가 다 같이 모이자!"

친구들이 말을 걸자 이치카는 고개를 저었다.

"미안. 조금 이따 레슨 있어."

"또 발레야? 오늘은 졸업식이라고. 오늘 하루 정도는 연습 쉬어도 돼."

친구가 질렸다는 듯 말했다.

"미안. 나중에 갈게."

"약속이야!"

이치카에게 손을 흔들고 친구들은 달려갔다.

"네가 친구를 다 사귀다니, 신기하다."

사오리의 말에 이치카는 쓴웃음을 지었다.

"뭐, 친구는 다 사귀잖아."

교문을 빠져나와 잠시 걷다가 이치카는 아무렇지 않게 말했다.

"내일 도쿄 갈 거야."

사오리는 침묵했다.

이해는 하지만, 역시 싫은 건 싫은 거다.

"그럴 돈 없어."

한참 있다가 겨우 꺼낸 말은 사오리 본인이 생각해도 일차원적이었다.

그러나 그런 일차원적인 견제도 딸이 치밀하게 세워둔 계획 앞에서는 무의미했다.

"모아둔 돈 있어, 괜찮아."

"그 자식 보러 갈 거야?"

"약속했잖아. 졸업하면 가도 된다고."

"그런 약속, 잊을 줄 알았지."

"그럴 리가……. 하지만 꼭 돌아올게. 약속."

사오리는 멈춰 서서 이치카를 끌어안았다. 두려웠다.

"진짜지? 꼭 오는 거지?"

"응. 돌아올게."

이치카는 미소를 지었다. 이치카는 덥석 사오리의 손을 잡았다. 사오리는 터져 나올 것만 같은 눈물을 꾹 삼켰다. 아이처럼 잡은 손을 휘휘 흔들며, 두 사람은 한동안 손을 잡은 채 걸었다.

시민회관 입구에서 미카는 누군가를 기다리고 있었다.

엔진음까지 이미 익숙해져 버린 차에서 내리는 모녀를 보고 미카는 크게 손을 흔들었다. 차를 타고 온 사람은 이치카와 사오리였다.

"졸업식 날까지 죄송합니다."

사오리는 미카에게 고개를 숙였다. 이치카가 발레를 계속하게 된 후로 미카는 도쿄에서 히로시마를 오가며 이치카를 가르쳤다.

역에서 도보권 내에 있는 시민회관 한켠을 빌려 일주일에 한 번 이치카를 지도했다.

미카는 이치카를 포기하지 못하고 히로시마의 집을 알아내 몇 차례나 방문했다. 그리고 몇 번쯤 찾아왔을 때, 마침 이치카가 엄마에게 허락을 받아낸 참이라 가르칠 수 있게 되었다. 물론 신칸센 비용은 미카의 사비였다. 그 때문에 생활은 녹록치 않았다. 그러나 재능 있는 무용수를 자기 손으로 키울 수 있다는 것 이상의 기쁨은 없었다.

"이치카, 졸업식에서 무슨 노래 불렀니?"

옷을 갈아입기 시작한 이치카에게 미카가 물었다.

"〈반딧불의 빛〉."

"오, 꽤 고전틱하네. 우리 때랑 변한 게 없는데."

"시골이니까."

그건 전에 이치카가 다녔던 신주쿠의 중학교랑 비교했을 때란 뜻이야? 미카는 괜스레 억측했다. 매주 이루어지는 개인 레슨에서 도쿄 이야기는 기본적으로 배제했다. 사오리와의 약속 때문이기도 했고 무엇보다도 이치카에게 도쿄라는 말은 나기사의 존재를 떠올릴 수밖에 없게 만들어, 집중력이 흐트러지리라 여겼기 때문이다.

이는 결코 미카의 기우가 아니었다. 도쿄에서 치러진 발레 콩쿠르 때 이치카는 분명히 집중력을 잃었다.

"나기사가 보고 싶어요."

이치카는 미카에게 그렇게 털어놓았다. 이치카가 나기사에 대해 언급한 것은 연습을 다시 시작한 후로 처음이었다.

미카는 망설였다. 그 콩쿠르는 장학금이 걸린 무척이나 중요한 대회였다. 잘못 말을 꺼냈다가는 더욱 동요하게 만들지도 몰랐다.

미카는 망설임 끝에 이치카를 믿고 모든 사실을 말한 다음, 이치카의 판단에 맡기기로 했다.

"이치카, 지금 열심히 하지 않으면 나기사 씨도 슬퍼할 거야. 나한테 이치카를 부탁한다고 했어."

나기사는 1년 전에 미카의 교실을 방문했다.

오랜만에 만난 나기사는 시체 같은 눈을 하고 있었다. 그리고 갑자기 가방에서 몇 십만 엔을 꺼내 미카에게 내밀었다.

"이 돈으로 이치카를 부탁드릴게요. 저는 그 애가 꼭 춤을 췄으면 좋겠어요."

나기사는 달뜬 목소리로 반복해서 말했다. 이치카의 이야기를 입에 담을 때만 시체 같은 눈이 반짝반짝 빛을 발했다.

입은 옷차림 등으로 미루어 요즘 나기사의 형편이 어렵다는 사실을 짐작할 수 있었다. 돈다발도 필사적으로 긁어모았는지 꼬깃꼬깃했다. 자기 인생을 버려서라도 이치카를 도와주고 싶다는 의지가 무서울 정도였다.

물론 돈은 거절했지만 나기사의 진심에 마음이 동한 것도 사실이었다.

"나기사 씨를 위해서, 나기사 씨를 잊어줘."

미카는 마음을 독하게 먹고 말했다. 이치카는 무표정하게 받아들였으나 그때 이치카의 마음속에서 무언가가 크게 울린 듯했다.

생각하는 법도, 느끼는 법도 확 달라졌다. 어른이 되었다.

이치카는 압도적인 춤을 선보이며 도쿄 콩쿠르에서 우승을 거머쥐었다.

"미카 선생님?"

퍼뜩 정신을 차리니 이미 레슨 준비를 다 마친 이치카가 서 있었다.

"아, 미안. 그럼 레베랑스부터……."

중학교 마지막 레슨은 열정이 가득했다.

애당초 이치카의 몸이 자라는 속도에 기술이 따라가지 못했지만 성장도 일단락되고 근력을 키우는 훈련도 성과를 올리며 몰라보게 수준이 올라갔다.

"이치카, 졸업 축하해."

연습이 끝난 후 미카는 이치카를 와락 끌어안았다. 미카의 눈에서 눈물이 흘렀다.

요 몇 년 동안 친자식처럼 대했다.

이치카는 사오리의 딸이면서 나기사의 딸이고 그리고 제 딸이기도 했다.

"고맙습니다."

이치카는 미카에게 깊숙이 고개를 숙였다.

이치카의 눈에도 눈물이 비친 모습을 보고, 미카는 자신의 마음이 이치카에게 잘 전달되었음을 느꼈다.

미카는 이치카에게 봉투를 건넸다.

"자, 내가 주는 졸업 증서."

열기 전에 봉투 속 내용물을 눈치챈 이치카는 마침내 굵은 눈물방울을 뚝뚝 흘렸다.

"그래서……."

미카는 금기시했던 인물 이야기를 꺼냈다.

"만나러 갈 거지?"

"네. 내일."

"그래."

미카는 마음속 깊이 이치카가 나기사를 만나지 않았으면 했다.

나기사에게는 미안하지만 역시 마음이 그랬다.

이치카는 잡념을 모두 떨치고 드넓은 세계로 날아올라야만 한다. 잡념이란 표현은 미안하지만 이치카의 마음을 무엇보다도 흐트러뜨리는 나기사는 잡념 그 자체였다.

이미 제 손조차 떨치고 세계 무대로 날아오르는 단계에 접어든 제자를 미카는 눈부신 듯 바라보았다.

3년 전, 이치카는 홀로 심야버스를 타고 도쿄에 올라왔다.

빠른 속도로 깜빡이는 거리의 불빛을 그저 몇 시간이고 바라만 봤던 기억이 있었다. 그러나 이번에는 신칸센을 탔다.

신칸센 여행은 심야버스와 비교하면 맥이 빠질 만큼 금방 끝났다. 이렇게 가까웠다면 더 빨리 보러 올 수 있었을 텐데, 하고 이치카는 생각했다. 그러나 엄마와 한 약속도 이제는 끝났다. 이제는 실컷 보러 와도 된다. 그리 생각하니 앞으로가 기대되기 시작했다.

신주쿠는 모든 것이 그대로였다.

그날의 일은 지금도 기억에 선명했다.

이모할머니가 건네준 사진 속 양복 차림의 남자를 기다리고 있었는데, 나타난 사람은 남자가 아닌 여자였다.

당시와 똑같은 빨간 배낭을 둘러멘 이치카는 그때와 똑같은 길을 걸어 맨션을 향했다. 가는 길 중간에 있던 가게는 꽤 많이 바뀌었지만 맨션은 변함없었다.

이치카는 문 앞에 서 벨을 눌렀다.

"네."

흐릿한 남자 목소리가 들려왔다. 이윽고 문을 연 사람은 처음 보는 중년 남자였다.

"누구시죠?"

"저기…… 나기사 있나요?"

"나기사? 아, 없는데요."

"그런가요."

예상외의 사태에 이치카는 멍하니 서 있었다. 그런 이치카를 보고 남자가 말했다.

"전에 살던 사람 찾아요?"

"네."

뭔가 단서가 있을까 싶어 재빨리 대답하자 남자는 배를 북북 긁으며 퉁명스럽게 말했다.

"아직도 우편물이 오더라구요. 돈 독촉장 같은 거. 만나면 어떻게 좀 해달라고 말 좀 전해줘요."

그러고는 쾅 소리를 내며 문을 닫았다.

어떡하지, 나기사가 없어.

이치카는 막막한 상황에 눈물이 날 것만 같았다.

처음 만났을 때의 기억을 더듬어 따라가면 나기사를 만날 수 있으리라 철석같이 믿고 들떠 있었던 제 모습이 바보 같았다.

만날 수 있을 줄 알았는데.

잠시 생각하다가 이치카는 곧장 예전에 다녔던 중학교로 향했다.

린의 무덤이 있는 곳을 찾아볼 생각이었다.

학교는 봄방학 중이었지만 예전 담임선생님이 나와 있었다. 이치카가 린이 잠든 곳을 묻자 "사실은 개인정보라 가르쳐 줘선 안 되지만, 비밀이야"라며 몰래 가르쳐 주었다. 짧은 기간이었지만 이치카와 린이 어울려 다녔다는 사실을 담임도 기억하는 듯했다.

린의 무덤은 신주쿠 근처의 커다란 위령 공원에 있었다.

담임에 그려준 지도를 따라 이치카가 그곳에 도착했을 때
는 이미 해가 저물고 있었다.

묘비 뒤쪽으로 돌아가자 린의 이름이 또렷이 새겨져 있
었다.

하늘나라로 간 날은 콩쿠르가 열린 날과 같았다.

"린…… 린."

무릎을 꿇고 주저앉은 이치카는 묘비를 끌어안고 울었다.

"미안해, 미안해."

내가 좀 더 너에게 마음을 열었더라면…….

이치카는 린이 좋았다. 그 후로 많은 친구가 생겼지만 린
보다 더 좋은 사람은 없었다.

지금까지도.

그리고 앞으로도.

춤을 출 때는 늘 린이 가까이 있는 듯했다. 린이 제 몫까지
춰달라고 했던 말을 이치카는 잊지 않고 있었다.

앞으로도 함께 춤을 추자.

이치카는 린을 향해 마음속으로 말을 건넸다.

린의 무덤을 찾은 후, 이치카는 미카에게 전화를 걸었다.

무슨 일이 있으면 연락하라는 미카의 말 때문이었다. 미카는 이 상황을 짐작했을지도 모른다고 이치카는 어렴풋이 생각했다.

미카는 곧바로 자기 집에서 머물라고 했다. 미카에게는 늘 신세만 진다. 미카는 내일이라도 히로시마로 돌아가는 게 좋지 않겠냐며 걱정했지만 이치카는 나기사를 찾을 때까지 돌아가지 않을 작정이었다.

다음 날, 이치카는 스위트피를 찾았다. 스위트피도 없어졌으면 어떡하나 싶어 문을 열 때까지 걱정했으나 요코 마마는 여전한 모습으로 맞아주었다.

"오랜만이네, 이치카. 잘 지냈니?"

"네."

"많이 컸네. 게다가 그 뭐냐, 엄청 예뻐졌어. 너, 우리 가게에서 일하자."

요코 마마의 기습 제안에 이치카는 무심코 웃어버렸다.

"다들 건강하시죠?"

"네가 알던 애들은 아무도 없어, 아쉽게도."

당연히 요코 마마 외의 다른 사람들도 있을 줄 알았던 이치카는 실망했다. 가부키초에서 일하는 사람들은 교체가 매우 빠르다고 마마는 설명했다.

"나기사 때문에 온 거지?"

마마는 갑자기 표정을 바꾸며 물었다.

"네. 전에 살던 곳에 없었어요. 뭐 아시는 거라도 있으신가요?"

"그게 지금은 연락이 안 돼서…… 미안."

마마 말에 의하면 나기사는 히로시마에서 돌아온 이후 가게에 얼굴을 비추지 않은 모양이었다. 말하기 껄끄러워하는 마마의 모습으로 짐작컨대 무단결근 끝에 연락도 끊겨버린 듯했다.

"그렇군요……."

"미즈키라면 알고 있을지도 몰라."

이치카는 나기사와 절친했던 미즈키의 얼굴을 떠올렸다. 어디 가면 만날 수 있느냐고 묻자 등 너머 벽을 가리켰다.

벽에는 선거 포스터가 붙어 있었다. 그곳에는 웃는 얼굴의 미즈키가 '살기 좋은 사회를!'이라는 캐치프레이즈와 함께 인쇄되어 있었다. 구의원 선거에 입후보한다고 했다.

"대단하지? 진짜로 정치인이 될지도 몰라."

이런 사람이 정치인이 되면 나기사도 고통 없이 살 수 있을지도 몰라. 히로시마의 본가에서 본 나기사의 모습을 떠올리며 이치카는 아직 때 묻지 않은 머리로 생각했다.

그때 좀 더 아무 생각 없이 나기사의 손을 잡았으면 좋았을 걸 하고 후회한 적이 있다. 그때는 뭔가 하려고 나서면 그

행동으로 인해 나기사가 상처를 받을 것만 같아 아무것도 하지 못했다. 하지만 지금은 조금 알 것 같았다. 아무것도 하지 않았기에 나기사가 상처를 받았다는 사실을.

"미즈키 씨는 어디 계세요?"

"사무실 아닐까? 이 근처야. 그러니까……."

그 길로 마마가 가르쳐 준 곳으로 향했다. 사무실에는 이치카가 찾아갈 거라고 연락을 해두겠다고 했다. 늘 도움만 받는구나, 이치카는 생각했다.

그리고 사무실에 도착해 미즈키가 돌아오기만을 가만히 기다렸다.

꽤 오래 기다릴 각오도 했건만, 미즈키는 생각보다 일찍 사무실로 돌아왔다. 선거용 띠를 두르고 길을 걷는 사람들에게 싱그러운 미소로 인사하며 다가왔다.

"힘내요!"

응원의 목소리가 이곳저곳에서 들렸다. 오가는 사람들도 미즈키에게 호의적인 모습이었다.

만약 내 고향이었다면, 그렇게 상상하자 기분이 좋지 않았다. 이모할머니처럼 마치 병자 취급을 하는 사람도 있다. 이런 식으로 대놓고 자연스럽게 받아들여 줄 것 같지 않았다. 역시 나는 신주쿠가 좋아, 이치카는 생각했다.

"저기, 미즈키 씨."

말을 걸자 미즈키는 이치카를 알아보고 활짝 웃었다.

"어머! 이치카. 오랜만이야."

공손하게 고개를 숙이자 미즈키는 친척 언니처럼 반겨주었다.

"완전 아가씨가 다 됐네."

"미즈키 씨야말로."

그렇게 대답하자 미즈키는 웃으며 말했다. "나는 진작 그랬고."

"발레는 아직 하고 있고?"

"네. 그것밖에 없어서요."

미즈키는 물끄러미 이치카의 얼굴을 바라보았다. 다정한 눈빛이었다.

"너, 변했구나. 표정이 좋아졌어."

"저기……."

"아, 그렇지. 나기사가 어디 있는지 궁금하지? 그래, 그래. 이야기는 들었어."

미리 준비했는지, 미즈키는 주소와 지도가 적힌 메모를 건넸다.

"미안, 나는 바로 다음 연설 하러 가야 해서. 그리고 나기사가 날 만나고 싶어 하지 않거든……."

그 말은 겨우 나기사를 볼 수 있다며 들뜬 마음에 찬물을 끼었었다. 그렇게 친했던 미즈키를 만나고 싶어 하지 않는다니, 아무리 생각해도 이상했다.

"고맙습니다……."

더 이상 묻기가 두려워 이치카는 미즈키에게서 등을 돌렸다.

"아, 이치카……."

"네?"

이치카는 조심조심 고개를 돌렸다.

"놀라지 마."

"네……?"

"이런저런 일이 있었거든. 나기사, 지금 생활보호를 받고 있어."

"생활보호?"

자세한 뜻은 몰랐지만 좋은 예감은 들지 않았다.

미즈키에게 받은 메모를 더듬어 아파트에 도착하자 두 시간 정도가 지나 있었다.

아파트는 그럴듯한 이름과는 달리 무척 낡고 어두워 도저히 사람이 살 것 같지 않은 건물이었다.

문 앞까지 다가갔으나 벨이 없었다. 할 수 없이 노크를 하자 틀림없는 나기사의 목소리가 들려왔다.

"들어와요."

오랜만에 듣는 나기사의 목소리는 기억과 별반 다르지 않았다. 이치카는 조금 안심했다.

현관문은 잠겨있지 않았다. 살짝 열자마자 코를 찌르는 듯한 강렬한 악취에, 이치카는 저도 모르게 코를 쥐었다.

냄새가 눈에도 영향을 미치는지 눈이 따끔거렸다.

좁은 부엌 끝에 거실이 있는지, 안쪽은 어두컴컴해 보이지 않았다.

이치카는 신발을 벗고 천천히 안으로 들어갔다.

부엌은 엉망이었다. 지금은 거의 사용하지 않는지 먼지 쌓인 쓰레기뿐이었다.

이치카의 눈에 벽에 걸린 십자가가 들어왔다. 십자가만이 새 물건인 듯, 유달리 깨끗했다.

좀 더 안으로 들어가자 쭉 뻗은 다리가 보였다.

그리고 더 거실 쪽으로 들어선 순간, 이치카의 눈에서 하염없이 눈물이 흘렀다.

"오늘은 늦었네……."

나기사는 이불 위에 누워있었다.

괴로운 듯 숨을 몰아쉬며 천장을 바라보고 있었다. 그러나 허공을 응시하고 있는 시선이 불안정하게 흔들리고 있었다.

하반신은 기저귀 한 장만 찬 채였고 며칠이나 갈지 않았는지 피와 오물이 배어 나 있었다.

"누구?"

나기사는 심하게 콜록거리며 물었다. 기다리던 사람과 다르다는 걸 알아챈 모양이었다.

이치카는 쪼그리고 앉아 말없이 나기사의 손을 잡았다.

"이치카⋯⋯?"

나기사는 망설임 없이 이치카의 이름을 불렀다.

"응⋯⋯."

"미안, 자원봉사자인 줄 알았어⋯⋯."

안 보이는구나. 나기사의 눈은 이치카를 향하고 있었지만, 이치카의 모습이 비치지 않았다.

이치카의 눈에서 눈물이 흘러내렸다. 이치카는 심한 악취에도 아랑곳하지 않고 나기사를 끌어안았다.

"웬일이니, 참⋯⋯ 이런 모습⋯⋯ 창피한데⋯⋯."

나기사는 수줍게 웃었다.

"미안⋯⋯ 미안해."

이치카는 계속해서 사과했다.

이치카가 청소하는 동안 나기사는 몸을 씻었다.

이치카가 씻겨주겠다고 했으나 그것만큼은 부끄러웠다.

혼자 씻는 게 오랜만이긴 했지만 더듬더듬 어떻게든 씻을 수 있었다.

대체 이날을 얼마나 기다려 왔던가?

지금은 눈도 거의 안 보이지만, 이치카가 성장한 모습은 손의 감촉만으로도 알 수 있었다.

이제 마지막으로 준비한 일을 할 수 있어.

나기사는 홀로 미소 지었다.

이치카가 사라진 후 살아갈 힘을 잃었다. 이치카를 되찾으려 한 번은 노력했으나 그마저도 실패로 끝나, 더는 열심히 살아야 할 이유도 잃고 말았다.

그저 방 안에 틀어박혀 계속 잠만 잤더니 얼마 남지 않은 저축마저 순식간에 바닥이 났다. 빚으로 버티는 데도 한계가 있었다.

집에서 쫓겨나 노숙자와 다를 바 없는 신세가 되면서, 당연하게도 수술 후 케어도 하지 못한 채 방치됐다.

이제 아무래도 좋았다.

흘러가는 대로 낮고 낮은 곳으로 흘러 내려가다가 마지막에 미즈키에게 발견되었다.

미즈키는 착착 정치인의 길로 나아가고 있었다. 한번 나락에 떨어진 사람이 그 자리까지 다시 올라서기란 여간 어려운 일이 아니었을 것이다. 한창 바닥을 치고 있는 자에게 그 존재는 너무나도 눈이 부셔 미즈키를 피하게 되었다.

그럼에도 미즈키는 나기사를 위해 여기 저기 알아본 끝에 생활보호를 받을 수 있게 해주었다.

그 후로 주1, 2회 자원봉사자의 방문을 받으며 죽은 듯이 살았다.

자원봉사자와 미즈키 외에는 방문하는 사람이 일절 없었으나, 딱 한 번 그리스도 교인이 선교하러 찾아온 적이 있었다. 시간만큼은 남아돌았기에 받은 성서를 몇 번이고 반복해서 읽었다.

성서 하면 떠오르는 아담과 이브의 존재가 계속 마음에 걸렸었다. 아담도 아니고 이브도 아닌 자기 같은 사람은 신이 예정하지 않았던 존재라고 말하는 것만 같았기 때문이다.

그러나 그때 자원봉사자 학생에게 아담은 앤드로지너스, 즉 양성兩性을 갖춘 존재라는 설이 있다는 이야기를 듣고 흥미를 가지게 되었다. 원래는 천사처럼 양성을 갖춘 존재로서 만들어진 아담이었으나 잠자고 있는 사이에 갈비뼈로 이브가 만들어지면서 아담은 한 명의 평범한 남자가 되었다고 한다.

앤드로지너스는 남녀의 생식기를 모두 가지고 있어, 여자의 몸을 제 몸이라고 느끼는 나기사와 결이 같은 존재는 아니었으나 본의 아니게 뉴하프라고 본인을 지칭해 온 나기사에게 왠지 모르게 관심이 가는 존재였다. 무엇보다 성별이 애매하다는 점이 재미있었다. 원래는 신도 남자와 여자를 분명하게 나누려던 게 아니었을지 모른다. 그렇게 생각하자 어쩐지 위로가 되었다.

성서 읽기는 나기사에게 기도였다. 이치카의 행복을 기도하고, 이치카의 성공을 기도했다.

더는 제 한 몸도 챙길 수 없는 나기사에게 신을 믿으며 신에게 의지하는 것 외에는 도리가 없었다.

그러나 머지않아 작은 글자는 읽을 수가 없게 되었다. 그후로는 그저 오로지 한 가지만 소원하며 살아왔다.

겨우 욕조에 몸을 담그기는 했지만 씻을 힘이 없었다.

그래도 탕 안에 들어갔다 나오니 한결 기분이 상쾌했다.

욕실에서 나오자 이치카가 팔을 붙잡아 부축했다.

오랜만에 맡는 따뜻한 음식 냄새가 풍겨 왔다.

"자, 여기."

나기사는 이치카가 쥐어 준 젓가락으로 조용히, 천천히 음식을 먹기 시작했다.

"맛있네."

조금 타긴 했지만 정말 맛있었다. 무척이나 그리운 맛이었다.

"벌꿀 돼지고기 생강구이야."

의기양양한 이치카의 말에 나기사는 웃었다.

"그거…… 내 레시피 아니니?"

"이젠 내 거야."

"음식명도 틀렸어. 허니 진저 소테거든."

"그거 그냥 영어로 바꾼 것뿐이잖아."

이치카가 해준 음식은 맛있었지만 잠깐 식사를 한 것만으로도 엄청난 피로가 몰려왔다.

잠깐만 방심하면 어깨를 들썩이며 숨을 몰아쉴 것만 같았다. 그러나 그 사실을 눈치채지 못한 이치카는 살며시 웃었다.

"다행이다, 쌩쌩해서."

나기사는 옅은 미소를 지어 보였다.

맛있다고 입으로는 연신 칭찬을 했지만 문득 깨닫고 보니 나기사의 젓가락은 거의 멈춘 채였다. 그래도 아까처럼 농담을 할 수 있다면 괜찮아. 이치카는 그렇게 생각하고 싶었다.

"저기, 이치카."

"왜?"

"부탁이 있어."

무리해서 오래 이야기를 한 탓인지 나기사의 숨이 거칠어졌다. 열도 올랐는지 땀이 배어 나왔다.

"괜찮아? 힘들어 보이는데."

이치카는 나기사의 등을 살살 쓸어내렸다.

"응, 괜찮아. 저기, 이치카…… 내일, 바다에 가고 싶어."

"바다?"

생각지도 못한 부탁에 이치카는 주저했다.

"응. 줄곧 가고 싶었어. 하지만 혼자서는 못 가니까…….
데려가줬으면 해."

이렇게 컨디션이 안 좋아 보이는 나기사를 혼자 데리고
바다에 갈 수 있을까. 중간에 몸이 더 안 좋아지면 어쩌지. 그
렇게 생각하자 불안해서 견딜 수가 없었다. 하지만 나기사의
부탁을 들어주고 싶었다. 이치카의 꿈을 그렇게나 응원해 주
었던 나기사의 부탁이다.

"알았어……."

이치카가 대답하자 나기사는 힘없이 미소를 지었다. 그리
고 이치카에게서 빙글 등을 돌렸다.

"앗, 이런……. 깜빡했네."

나기사는 더듬거리며 창가에 놓인 수조를 향해 기어갔다.

"먹이 줘야지……."

그리고 나기사는 금붕어 밥을 한 톨, 두 톨 수조에 떨어뜨
렸다.

"배고팠지? 미안."

그러나 나기사가 떨어뜨린 먹이는 그저 천천히 가라앉을
뿐이었다.

그 수조에는 이끼만 가득 덮여 탁해진, 오래된 물만 채워져 있었다.

헤엄치는 금붕어는 한 마리도 없었다.

그러나 뭐가 보이는지 나기사는 무언가를 눈으로 쫓으며 진심 어린 눈으로 수조를 바라보고 있었다.

"나만 맛있는 거 먹어서 미안……. 많이 먹으렴."

그 모습을 아연실색하며 바라보던 이치카는 깨달았다.

나기사는 몸뿐만 아니라 마음까지 병들어 있다는 사실을.

그날 밤은 나기사의 집에서 묵었다. 오물을 닥치는 대로 쓰레기봉투에 넣고 창문을 활짝 열어 환기를 시킨 탓에 냄새는 한결 나아졌다.

꼭 연락하라는 당부를 들었던 터라, 미카에게 나기사를 찾았다는 사실만 전했다. 자세한 상황은 아무리 선생님이라 해도 말하기 꺼려졌다. 그럼에도 말을 아끼는 태도에서 선생님은 무언가를 파악한 눈치였다.

그리고 다음 날, 이치카는 꽤 이른 시간부터 준비를 시작했다. 나기사가 갈아입고 나갈만한 옷이 없기도 했고, 기저귀 교체를 돕겠다는 걸 거절한 나기사의 고군분투를 기다리는 등 시간이 제법 걸렸지만 그래도 이른 시간에 집을 나서는 데 성공했다.

나기사에게 어깨를 내주며 천천히 걸었다. 제 몸을 지탱할 힘이 약해졌는지 어마어마한 무게가 이치카의 어깨로 쏟아졌다.

이치카가 택한 교통수단은 버스였다. 거의 환승하지 않고 바다에 갈 수 있는 노선이 운 좋게 근처를 지나고 있었다.

내내 버스에서 흔들리다가, 열린 창으로 바다 내음이 풍겨 왔을 때는 이미 점심이 지난 무렵이었다. 나기사는 선글라스 안쪽으로 눈을 가늘게 뜨고 바다 내음을 맡았다.

버스에 타고 있을 때는 사정이 나았지만, 한 번 하는 환승이 너무 힘들어 이치카와 나기사는 버스를 몇 대나 놓쳤다. 길눈이 어두운 이치카는 행선지 표시에서 갈아타야 할 버스를 찾는 데도 애를 먹었다.

"와아…… 바다 냄새가 나."

바다 바로 근처의 버스 정류장에 내리자 나기사의 얼굴에 웃음꽃이 피었다.

데려오길 잘했다는 생각이 절로 드는 미소였다.

그러나 얼굴은 새파랬다. 추운지 바들바들 떨었고 이마에는 땀이 맺혀 있었다. 어제보다 더 컨디션이 나빠 보였다.

"더 가까운 데까지 데려다줘."

이치카는 잠시 망설였으나 곧 나기사를 부축해 모래사장으로 들어섰다. 나기사는 발이 모래에 파묻히는 감촉에 미소를 지으며 넋을 잃고 파도 소리에 귀를 기울였다.

이치카와 나기사는 파도가 코앞까지 밀려들어 오는 곳에 자리를 잡고 앉았다.

"파도 소리 좋다. 고마워, 이치카."

말을 끝내기도 전에 갑작스레 찾아온 기침에 나기사의 몸이 크게 요동쳤다.

수술 부위가 괴사해 발열을 달고 산 지 몇 달이 지났다. 언제 끝나도 이상할 것 없는 상태임에도 나기사의 생명은 계속 저공비행을 하고 있었다. 나기사는 제 목숨이 생각보다 질기게 버티는 현실을 원망했으나, 이렇게 이치카를 만날 수 있게 되어 행복했다.

"신에게 감사해야겠다."

그렇게 말하고 다시 기침했다.

"저기…… 정말 괜찮아?"

"응, 걱정하지 마."

이치카가 끌어당기는 통에, 나기사는 이치카의 어깨에 머리를 기댔다.

이치카는 가방 주머니에서 봉투를 꺼내 나기사에게 쥐어 주었다.

봉투에는 이치카의 이름이 영어로 적혀 있었다. 그것은 미카가 준 '졸업 증서'였다.

"이게 뭐니?"

손에 쥐어 진 봉투를 손으로 찬찬히 더듬으며 나기사가 물었다.

"나, 영국 발레 학교에 가게 됐어."

"정말?"

새파랬던 낯빛에 순간 생기가 돌았다.

"응. 장학금 받았어."

나기사는 이치카의 머리를 쓰다듬으며 끌어안았다.

"축하해."

"세계 무대에서 춤추고 싶어."

"그래…… 그 마을은 이치카 네겐 너무 작아."

나기사는 울며 미소 지었다.

나기사의 손이 갑자기 축 늘어졌다. 봉투 하나 들기도 무거운 모양이었다. 거친 숨을 내뱉으며 덜덜 떠는 나기사에게 이치카는 점퍼를 둘러주었다.

"이제 그만 병원으로 가자."

그러나 이치카의 목소리는 더는 나기사에게 가닿지 않았다.

나기사는 천천히 선글라스를 벗더니 또 무언가를 쫓듯 느릿느릿 시선을 옮겼다.

"귀엽다."

"뭐가?"

"여자애."

나기사의 눈에만 수영복을 입은 아이가 해변에서 노는 모습이 보였다. 그것은 어릴 때의 나기사였다. 수영복을 입고 행복한 듯 웃고 있었다.

"여자애?"

이치카는 불안감에 금방이라도 울 것만 같았다.

"초등학교 때…… 학교에서 바다에 갔었어……. 나는 왜 남자 수영복일까……. 왜 여자 수영복이 아닐까……."

나기사의 얼굴빛이 창백했다. 이치카는 나기사의 팔을 붙잡았다. 옷 위로도 열감이 느껴졌다.

"제발 부탁이야. 그만 가자."

"나는 왜 여자가 아닐까…… 싶었어."

"그만 가자니까. 병원에 가는 게 좋겠어."

이치카가 울먹이며 나기사를 흔들었다.

"철이 들었을 무렵부터 태양을 바라보는 게 좋았어. 그때도 태양을 올려다봤어, 다른 건 아무것도 눈에 안 들어오게."

나기사는 눈부시게 빛나는 태양을 올려다보았다. 어렸을 때처럼 크게 턱을 치켜들고 물끄러미 바라보았다. 이치카는 불안한 마음에 가슴이 짓눌릴 것 같으면서도 턱을 힘껏 치켜든 나기사의 옆모습을 아름답다고 생각했다.

나기사는 옅게 쌓인 눈처럼 당장이라도 사라질 듯한 미소를 지으며 다시 바다를 보았다.

"아름다워……."

"제발 좀……. 뭐가? 아무것도 없어."

이치카의 목소리가 떨렸다.

"백조가 떠 있어."

나기사의 눈에는 한 마리의 커다란 백조가 창창한 바다에 떠 있는 모습이 똑똑히 보였다.

백조는 날개를 몇 번인가 시험하듯 퍼덕이더니 크게 펼치고 하늘로 날아올랐다. 세차게 날갯짓을 하며 점점 더 하늘 높이 날아올랐다.

"바다에 백조가 있을 리가 없잖아……. 제발…… 정신 좀 차려. 제발 부탁이니까 가자……."

나기사의 눈이 공허해지고 있었다.

이미 빛을 잃은 듯했다.

이치카는 겨우 깨달았다.

나기사는 죽으려는 것이다.

나기사는 결심한 것이다.

바다에서 죽기로.

"이치카, 춤춰줘."

나기사가 말했다.

"싫어…… 싫어……."

이치카는 펑펑 울며 떼쓰는 아이처럼 말했다. 분노와 슬픔이 동시에 밀려들었다.

살아줘. 좀 더 살아줘.

그러나 나기사의 몸이 이미 한계에 달했음은 이치카도 어렴풋이 알 수 있었다.

"부탁이야…… 이치카, 부탁이야. 나는 이치카가 춤추는 모습을 보고 싶어서 살아왔어."

나기사는 행복한 듯 미소를 지었다.

내 마음은 이치카와 헤어진 히로시마에서 죽었다. 그러나 육신은 죽지 못한 채 남아버렸다. 그렇다면 아예 수술 후 케어를 받지 말고 천천히 죽어가려고 했다. 그러나 좀처럼 죽지 않았다.

하나도 생각대로 되지 않았지만, 덕분에 이렇게 다시 이치카가 춤추는 모습을 볼 수 있게 되었다.

"부탁이야, 백조를…… 춰줘."

나기사의 목소리가 파도 소리에 묻힐 만큼 작아졌다.

이치카는 천천히 몸을 일으켜 오데트의 바리에이션을 추기 시작했다. 그날, 콩쿠르 결승에서 추려고 했던 춤이다. 나기사의 깃털 장식을 쓰고 추려 했던 곡.

푸른 바다와 푸른 하늘을 향해 이치카는 춤을 추었다.

"아름다워······."

나기사가 중얼거렸다.

나기사의 눈에 전보다 더 자라 당장이라도 세계로 뛰어들 듯 에너지가 넘치는 이치카의 춤이 비쳤다. 머리에는 물론 나기사의 깃털 장식을 쓰고 있었다.

나기사는 미소를 지으며 서서히 눈을 감았다.

춤이 끝나고 나기사를 돌아보았다.

나기사는 마치 잠에 빠진 듯 움직이지 않았다.

가까이 가지 않아도 중요한 무언가가 나기사의 몸에서 사라져 버렸음을 알 수 있었다.

이제 저 입술이 움직이며 이치카를 부를 일은 없으리라.

이치카는 나기사의 몸을 끌어안았다. 기억 속의 몸보다 더 앙상했다.

아직 따뜻해.

눈물로 눈앞이 흐려졌다.

겨우 만났는데.

이치카는 오열했다. 괴로웠다.

린도 죽고 나기사도 죽었다.

더는 살아야 할 필요를 느낄 수가 없었다.

천국에 가면 두 사람을 만날 수 있어.

이치카는 똑바로 바다를 향해 걸음을 옮겼다. 파도에 신발이 젖는 것도 개의치 않고 걸었다. 그리고 그대로 바다로 들어갔다. 파도가 난폭하게 밀어내도 이치카는 발걸음을 멈추지 않고 앞으로 나아갔다.

바닷물은 이윽고 무릎에, 허리에 그리고 마침내 어깨에 닿았다.

"기다려 줘."

천국에 있는 두 사람에게 이치카는 말을 걸었다.

그 순간, 등 뒤에서 날개를 퍼덕이는 소리가 들렸다.

이치카는 저도 모르게 발을 멈추고 돌아보았다.

허공에 깃털을 흩날리며 무언가가 바다를 박차고 하늘로 날아오르는 모습이 보였다.

"백조."

이치카가 무심코 중얼거렸다.

커다란 그림자는 이치카의 머리 위에서 우아하게 한 바퀴호를 그린 다음, 힘차게 날갯짓을 하며 태양을 향해 똑바로 날아갔다.

그리고 그 눈부신 빛에 녹아들 듯 사라졌다.

끝

미드나잇 스완

초판 1쇄 인쇄 2023년 6월 23일
초판 1쇄 발행 2023년 6월 30일

지은이 우치다 에이지
옮긴이 현승희
펴낸이 김문식 최민석
총괄 임승규
기획편집 박소호 김재원 이혜미
  조연수 김지은 정혜인
  명지은 신지은 박지원
디자인 배현정
제작 제이오

펴낸곳 (주)해피북스투유
출판등록 2016년 12월 12일 제2016-000343호
주소 서울시 성북구 종암로 63, 5층 (종암동)
전화 02)336-1203
팩스 02)336-1209

© 우치다 에이지, 2023
ISBN 979-11-6479-988-6 (03830)